www.doubleligne.com

GRANDE-FIN

Romain Buffat

Collection « Récits en route »

il devait appeler au secours depuis des siècles
sans que personne ne l'entende

António Lobo Antunes,
La dernière porte avant la nuit

nous sommes ce que nous n'avons pas fait

Edouard Louis,
Qui a tué mon père

2007

Novembre, tout meurt ou tout est déjà un peu mort. Jour sombre. La grosse chaîne d'abord est sortie de l'eau, maillon après maillon. Puis est apparu l'arrière d'un petit véhicule de livraison, une Citroën C15. Sous la vase, les algues, sous les moules et les coquillages incrustés, quelques pans de carrosserie laissent penser qu'elle était blanche autrefois. Le vent fait frémir les bouleaux qui bordent le lac, y dépose quelques feuilles jaunies. Une famille de colverts avance et écarte feuilles, brindilles et bouts de bois sur son passage pour regagner la terre. Un agent de police frappe dans les mains pour les faire fuir. Depuis l'arrière de son camion jaune, incongru dans ce paysage gris, le dépanneur, l'œil rivé sur les commandes et sur la vitesse de la chaîne, fait une légère moue, signifiant à l'agent que la famille de canards ne le dérange pas dans ses opérations. Les cheveux de Jérôme, ceux de sa sœur Julie et de leur mère Suzanne vont dans tous les sens et les trois ont ce même geste de les caler derrière une oreille en même temps – tout voir, ne rien rater. Jérôme, visage pâle, mains froides enfoncées dans sa doudoune, ne pense pas vraiment à son père disparu cinq ans auparavant. Il pense au cinéma. À la scène mémorable qu'on pourrait extraire de ce moment : une famille regroupée sur une plage qui assiste au repêchage de la voiture que conduisait le père de famille le jour de sa disparition. Il n'a aucune intrigue précise en tête, juste une image, la voiture qui émerge peu à peu, lentement et gauchement – le pare-chocs qui retourne à l'eau, le décrochement du pot d'échappement, les portières qui libèrent des masses d'eau – et donc la voiture qui finit par refaire surface après cinq années comme une vieille histoire qui remonte. Ce serait le commencement ou la fin de quelque chose. Bien sûr, il pense à un plan qui existe déjà quelque part, les dernières secondes de *Psychose* quand la voiture de Marion Crane est treuillée hors de l'étang où l'avait dissimulée Norman Bates pour effacer toutes les preuves, mais Jérôme imagine autre chose, une scène lumineuse, un plan large, une ouverture.

La C15 s'égoutte sur la plage. Quelques personnes qui ont assisté à la scène et qui connaissaient l'histoire repartent en passant près de la famille, regardent Jérôme et Julie avec pitié, lancent à Suzanne, Leur infliger un tel spectacle. Et si on avait repêché le corps de leur père, vous y pensez ? Suzanne ne répond pas. Suzanne sait qu'il n'y a pas de cadavre. Cinq ans après Suzanne reste persuadée qu'il n'est pas mort. Suzanne le connaît mieux que personne, Daniel n'aurait jamais eu le courage de mettre fin à ses jours. Daniel a passé sa vie à fuir – ses responsabilités, sa famille, ses envies –, disparaître volontairement était la dernière issue. Mais Suzanne, aujourd'hui, n'en dit rien, elle ne répond plus aux critiques, elle a passé les premiers mois après la disparition à répéter à qui voulait l'entendre que l'hypothèse du suicide n'avait aucun sens, qu'elle avait remarqué des retraits d'argent sur leur compte bancaire les jours suivant la disparition. On l'avait prise pour une folle. Elle s'était souvenue de lointaines conversations qu'elle avait eues avec Daniel, au temps où ils se parlaient encore de choses profondes, les endroits où il aurait voulu vivre, les pays à visiter ; elle s'était aussi souvenue de leurs rares disputes, des bribes de phrases flottaient dans sa mémoire, Le jour où je foutrai le camp, Le jour où je me serai tiré, Je rigolerai bien ce jour-là, Un jour je vous dirai merde à tous. Suzanne avait tenu à être prévenue le jour où on retrouverait la camionnette de l'Imprimerie. Au téléphone on lui avait dit « pas de corps », et on avait quand même essayé de la convaincre de ne pas assister à « ça ». Elle voulait voir de ses propres yeux l'absence de corps, une preuve de plus que Daniel n'était pas mort.

Jérôme comprend ce jour-là qu'il veut réaliser des films. En rentrant ce soir, dans son carnet qu'il a entamé le premier jour de ses études en histoire du cinéma, études qui l'ennuient lui qui veut fabriquer, Jérôme écrira que « fabriquer des films c'est repêcher des vieilles bagnoles, les faire remonter à la surface. »

On y va, dit Suzanne. Julie lance un caillou dans l'eau, regarde une dernière fois de l'autre côté du lac le Jura froid et bleuté qui semble plus près et plus grand que d'habitude, et répond à sa mère, On y va.

Et à son tour Jérôme répond, On y va, et il constate que l'absence de son père épouse les dimensions du monde.

2019 - I

En plein jour, Union Station ne ressemble en rien à la gare où se déroule la scène finale des *Incorruptibles*. Jérôme était arrivé en avance justement pour retrouver quelque chose de cette scène au temps aplati, allongé, gourd. Sur les escaliers du grand hall, aucune trace de la poussette dévalant les marches, rien, ni Andy Garcia ni Kevin Costner. Le temps avance normalement, les trains partent à l'heure. Depuis son arrivée il y a dix jours à Chicago, la magie n'opère pas, il est dans un film bourré de faux raccords au décor usé. Les lieux vus en photo, au cinéma, les lieux rêvés, perdent de leur aura dès qu'il s'en approche. Le panneau indiquant le début de la Route 66 à l'angle d'Adams Street et de Michigan Avenue, la devanture du Chicago Theatre et ses mille ampoules, le Green Mill, bar d'Al Capone, le United Center, salle des Chicago Bulls – tout cela, avec lui dans le champ, ne brillait plus.

Le hall de gare a lui-même quelque chose d'anachronique. Sous l'immense drapeau américain suspendu verticalement – dix mètres sur cinq, on se croirait en temps de guerre (mais ce pays, se dira Jérôme plus tard, ce pays c'est la guerre) –, les passagers attendent d'être appelés, le regard rivé sur leur téléphone, surveillant leur bagage du coin de l'œil. Des écrans géants diffusent des publicités fatigantes quand la signalétique indiquant la direction des quais se résume à quelques panneaux *To the trains* isolés, ornés d'arabesques en bronze. Ils sont quelques-uns seulement à faire les cent pas dans le hall de gare comme des touristes dans un musée – mains dans le dos, démarche de héron, grands pas incertains –, photographiant chaque recoin, cherchant quelque chose derrière les imposantes colonnes de style classique.

En dix jours, Jérôme n'avait fait que *voir* Chicago. De loin, de l'extérieur, depuis les trottoirs sur lesquels il avait marché des heures, du métro, du haut des tours. Arrivé par les airs il avait vu les mailles du quadrillage s'élargir progressivement. Par le hublot, on aurait dit une carte sur laquelle on zoome pour se parachuter au sol. Il avait fini par y arriver, au sol, et durant toute la semaine les rues perpendiculaires lui avaient procuré la sensation étrange de poser les pieds sur une carte que quelqu'un finirait par plier avec lui pris au piège, écrasé. Dans quarante minutes il quitterait Chicago – ses façades d'argent, le lac infini –, avec le regret d'être passé à travers, sans savoir exactement ce qu'était cette ville. Ni le mot *ville* ni les sept lettres C H I C A G O, aussi brillantes et magistrales soient-elles sur les enseignes des théâtres, des cinémas, des banques, ne pouvaient contenir un lieu aussi vaste.

Sur le tableau des départs les noms des villes et des lignes de train se succèdent, défilent, parfois se chevauchent SOUTHWEST CHIEF Albuquerque Flagstaff Los Angeles EMPIRE BUILDER Fargo Spokane Portland Seattle CITY OF NEW ORLEANS Carbondale Memphis Jackson New Orleans jusqu'à former une sorte de poème, une géographie impossible, une compression de la plaque continentale TEXAS EAGLE St-Louis Little Rock Dallas San Antonio, si bien que lorsque le nom quasi mythologique CALIFORNIA ZEPHYR apparaît à son tour, Jérôme ressort son billet pour s'assurer que c'est bien son train et que c'est bien dans cette direction qu'il part : Omaha Denver Salt Lake City San Francisco. Il range soigneusement son billet dans la poche intérieure de sa chemise à carreaux, tâte la poche arrière de son short pour vérifier que son porte-monnaie s'y trouve toujours. À côté de lui, s'éventant le visage avec ses papiers, une dame d'une soixantaine d'années, elle lui demande où il va. D'abord il a cru qu'il avait mal prononcé ce nom, ne sachant pas très bien où placer l'accent tonique, alors il répète, Omaha. Elle avait parfaitement compris. Si elle a grimacé la première fois c'est parce qu'elle déteste le Nebraska. *It's dry, it's hot, it's flat. It's boring.* Elle, elle retrouve sa fille à Seattle, Rainy City, *It's green, it's cute, it's nice.* Elle se tait, l'air désolé d'avoir à rendre un verdict aussi impitoyable – pensant peut-être que jugeant Omaha et le Nebraska Jérôme se sent lui aussi jugé. Un instant il a eu envie de changer de destination, de monter dans le train pour Seattle. Elle a voulu savoir d'où il apportait son accent. En plus d'un sac à dos, d'une valise et de quelques dollars, il apporte donc quelque chose. Elle confond la Suisse et le Danemark, à cause du froid et de la couleur du drapeau. Elle est rassurée quand Jérôme lui dit qu'il retrouve une amie à Denver et qu'il lui montre un billet pour le concert de Bruce Springsteen au Red Rocks Amphitheatre dans le Colorado, l'arène de roches rouges dans les premiers contreforts des Rocheuses. Elle aime Bruce, elle l'aurait épousé s'il avait été plus jeune, il est trop vieux pour elle, et de toute façon elle a un mari formidable, *unbelievable, lovely, sweet, thoughtful.* Qui chante lui aussi, dans leur garage-buanderie. Entre deux morceaux il pend le linge. Elle est prête à parier que le Boss n'étend pas son linge lui-même.

Une transpiration froide, soudaine, a surgi sur le haut du front et à la racine des cheveux. Jérôme ne trouve pas son passeport. Il fouille encore tandis que la dame de Seattle rejoint le quai, en lui faisant des grands signes. Il se lève d'un bond et manque d'arracher la poignée télescopique de sa valise. Il fonce à travers le grand hall en direction de la sortie, enjambe quatre à quatre les marches du grand escalier sombre sans savoir exactement d'où lui vient la force de porter sa valise si facilement. La voix de la dame de Seattle traverse le hall, *What about Bruce? What about the concert?* Les mots fusent, magnétiques, neutralisent le brouhaha de la gare comme s'il n'y avait plus qu'elle et lui, les autres passagers le regardent, leurs regards l'encouragent ; le jeune couple portant une poussette dans le grand escalier, s'arrêtant pour le laisser passer, l'a-t-il rêvé ? Il court. Dehors, il retourne dans Chicago, la fournaise. Trente-huit minutes à Chicago avant que le train parte, trente-huit minutes ni plus ni moins, le GPS prévoit trente-sept minutes pour aller à l'auberge de jeunesse et revenir, mais il ne compte pas le temps qu'il faudrait à Jérôme pour expliquer au personnel de la réception qu'il a oublié son passeport dans la chambre, caché entre le matelas et le sommier, c'est toujours ainsi qu'il procède, parce qu'il a peur de perdre son passeport et qu'à cet endroit il sait que personne – ni femmes de ménage ni cambrioleurs – n'aurait l'idée de chercher, et que même s'il devait lui arriver de l'oublier, il serait au moins absolument certain de le retrouver là, exactement, coincé sous la septième latte à partir du pied de lit. Tout cela, Jérôme devrait l'expliquer dans son mauvais anglais, le souffle court, mais il a encore le temps de parfaire ses phrases, qu'elles soient nettes et sans équivoque. Il passe à côté de la Willis Tower, la plus haute tour de la ville qu'il n'avait pas remarquée tout à l'heure en se rendant à la gare, ni le building d'en face dont il ne connaît pas le nom. Et pour la première fois ces milliers de tonnes d'acier, de béton, de verre lui semblent réels, lui servent de repères dans la ville, bornes devenues tout à coup familières, de même que le mouvement des piétons sur le trottoir, leur façon de zigzaguer, le temps d'attente au feu rouge, la lumière qui vous attrape entre deux immeubles, tout ce qui ces derniers jours lui avait paru hostile, agressif, il le reconnaît comme des éléments de la ville dont il fait encore un peu partie, à laquelle il appartient concrètement maintenant qu'il s'y déplace dans un but précis, affairé, pressé comme n'importe qui. Vingt-six minutes, il est en avance sur Google Maps, progresse plus vite que le point bleu sur la carte. Puis c'est la nuit quasi complète, une éclipse quand il passe sous le métro aérien, assourdissant, et qu'il entre dans le Loop. Quelqu'un lui demande son chemin, sa voix est couverte par le fracas de tôle du métro, les réacteurs d'un avion à ras le sol entre les tours n'auraient pas fait moins de bruit, Jérôme est déjà trop loin pour lui répondre. Une fois le métro passé, le silence absolu. Un silence bref, éclair. Puis le retour des sirènes, par trois – police, pompiers, ambulances. Ses jambes fourmillent, ne sont plus vraiment les siennes, les mollets tirent. Des gouttes de sueur tombent de ses sourcils, s'évaporent dès qu'elles rencontrent le goudron.

Son téléphone chaud a vibré contre sa cuisse qui brûle, un miracle qu'il l'ait senti. À l'autre bout, une voix douce, prévenante, aussi inquiète que celle de Jérôme, qui semble provenir de tellement loin. *We found your passport at the Hostel.* Quelqu'un de l'équipe de ménage l'a retrouvé sous le lit. *I'll be right there*, il a dit, essoufflé, soulagé de ne pas avoir à tout expliquer, *Just a minute.* Le type de la réception l'attend sur le trottoir, des grands signes, au bout de ses doigts le passeport rouge à croix blanche de Jérôme dessine des arcs de cercle. Pour aller plus vite, Jérôme voudrait laisser sa valise de l'autre côté de la route à six voies et slalomer entre les voitures, puis il repense à toutes les valises abandonnées, oubliées, à toutes les gares et aux aéroports bloqués, aux banderoles jaunes POLICE LINE

DO NOT CROSS encerclant des quartiers entiers à cause d'un bagage. *Hey man, your passport* a dit le type de la réception, visiblement content de quitter son poste de travail l'espace de quelques minutes. Jérôme est en avance sur le retard, ils ont le temps d'échanger quelques mots encore devant l'auberge de jeunesse. Il veut savoir pourquoi le train, pourquoi Omaha. Lui n'a jamais pris le train, déjà quitté l'Illinois oui mais seulement pour aller dans l'Indiana ou l'Ohio, pas très loin, un jour la Californie c'est sûr. Vivre là-bas. Un jour le train, quand il pourra prendre de longues vacances, il essayerait. Un pays entier apparaît dans son regard.

De retour à la gare. La dame de Seattle n'est plus là. Sur le quai, devant Jérôme, une colonne de passagers se presse pour monter dans le train. Le couple des escaliers – il ne l'a pas rêvé – l'a reconnu. Il leur donne un coup de main pour monter la poussette dans le wagon.

Installé dans le train, Jérôme s'enfonce dans son siège, enfin. La climatisation âcre souffle sur son t-shirt mouillé de sueur jusqu'en bas du dos. Après quelques minutes, à gauche et à droite, les autres trains se sont mis à glisser si bien qu'il est impossible de dire avec certitude lequel du California Zephyr ou de l'Empire Builder roule, puis le quai s'éloigne à son tour. Quand le train est sorti de terre, c'est toute la ville – les routes, les buildings, les arbres, les parcs, les flots de containers et les eaux vertes de la Chicago River – qui décroche, qui file dans une direction contraire. Au bout d'un moment, quand les constructions se font plus rares, que l'espace entre les bâtiments s'agrandit, laissant place à une nature indécise, tantôt abondante tantôt fatiguée, un type gueule que les rails vont maintenant enjamber la Route 66, *The Mother Road !* Les autres personnes dans le wagon disent, *Thank you !* Les voies ferrées et la route sortent de Chicago et entrent maintenant dans le vide du Midwest. Puis commencent les champs de maïs.

Son envie de faire des films n'était restée qu'une envie. Quelques semaines avant son voyage en Amérique, Jérôme avait fini par terminer ses études de cinéma ponctuées d'interruptions, de réorientations, de retours, une pause de six mois à travailler dans une station-service, des semestres à suivre le minimum de cours tout en travaillant à côté – rangeur de livres à la bibliothèque du campus, caissier dans un cinéma de la ville. Toutes ces années il a gardé son carnet Rhodia dans lequel il continue de noter des phrases, des commentaires de films, des observations, parfois des poèmes, il y colle aussi des photos, des coupures de presse. Depuis quelque temps, son carnet a fleuri de noms de lieux, listés sur des pages entières, pour le simple plaisir de les recopier. Sur une nouvelle page, il a noté « Grande-Fin », le nom du village où il a grandi et où vit encore sa mère, et puis rien d'autre, sans savoir si c'est un titre, une idée ou une entrée de plus dans sa collection des noms de lieux.

Pour marquer la fin de ses études et ses trente ans, les débuts dans la vie active pour l'instant sans perspective – à son retour rien ne changerait, il continuerait de vivre de petits boulots – Jérôme s'était offert un voyage d'un mois en Amérique. À sa mère, Jérôme avait mentionné le besoin de partir, profiter de ce temps mort après les études, l'Amérique c'est facile à voyager. Et puis le cinéma, l'Amérique est un cinéma permanent. À Julie en revanche, impossible de lui cacher quoi que ce soit. C'est un soir, elle l'a invité à boire des bières sur son balcon entre frère et sœur, quelques jours avant son départ, une nuit d'été chaude où on parle, parle, parle à la lueur d'une bougie à la citronnelle, Julie regarde son frère, Julie comprend, elle le fait causer, Maman a dit que t'y allais pour le cinéma, elle croit toujours que tu as des projets de films. Jérôme croise et décroise les jambes, nul malaise ni secret entre les deux. C'est vrai, dit-il, le cinéma m'intéresse encore. Julie se penche vers lui, pose ses avant-bras sur la table en métal, On a tous des trucs qui nous intéressent, Jerry (elle l'appelait comme ça depuis qu'elle avait réalisé que le vrai prénom de l'humoriste Jerry Seinfeld était Jérôme), moi par exemple j'adore les kangourous mais ça veut pas dire que j'ai envie d'aller en Australie. S'il te plaît, Jerry, fais pas comme tous ces débiles qui vont aux States vérifier que tout ce qu'ils ont vu au cinéma existe et que tout est bien en place. Si tu nous dis à ton retour dans un mois un truc genre, C'est fou d'aller pour la première fois sur des lieux qu'on connaît déjà par la télé, les journaux et les romans, je te jure que te je t'en colle une. Jérôme sourit, hoche la tête.

Je vais au concert de Bruce Springsteen.

Julie le regarde, étonnée. Et tu nous as rien dit ?

Je viens d'acheter le billet, une fortune. Il sera dans le Colorado en même temps que moi.

Putain. Le père aurait été prêt à tout pour être à ta place. Imagine. Bruce Springsteen. Dans le Colorado. T'es un enfoiré.

Quand ils parlent de lui, depuis qu'il est parti, Julie et Jérôme l'appellent le père, comme une figure lointaine.

Peut-être que je le croiserai là-bas, qui sait, dit Jérôme. J'oublierai pas de le saluer de ta part.

Julie sourit, elle regarde les lumières de la ville derrière son frère.

Tu crois toujours que c'est là-bas qu'il est parti ?

Où d'autre ? Il a peut-être voulu retrouver les lieux visités avec maman en 81. En fait j'en sais rien. La voix de Jérôme devient grave, comme souvent quand il a bu. Peu importe où il est, c'est pas lui que je cherche.

Alors quoi ?

Des lieux, une mémoire, une musique qui puissent le rappeler.

En fait tu veux vivre ses rêves.

Ouais. Et voir les paysages qu'il avait en tête.

Les cendres de cigarette que Julie lâche par-dessus la barrière font penser à de la neige. Jérôme a un bras posé sur la barrière du balcon, sa bouteille de bière presque vide pend au-dessus du vide, il la secoue, au fond le liquide s'agite et mousse au gré de ses mouvements.

C'est beau.

Tu te fous de moi, dit Jérôme qui fait semblant de vouloir lui balancer sa bouteille de bière. Julie se protège les yeux. La nuit est calme, on les entend rire fort.

Non je te jure, c'est beau de faire ça. Moi j'ai jamais rien su faire de sa disparition. Pour moi il est mort, c'est tout. Au moins toi, ça te fait voyager.

Tu parles. Je trouve ça con. J'essaie de me trouver des bonnes raisons de traverser l'Atlantique en avion. Si ça se trouve, je vais tourner en rond comme un con pendant un mois.

Julie éclate de rire en imaginant son frère perdu au milieu du continent, désœuvré. Oui, c'est vrai, mais mon petit Jerry a le droit de faire des trucs cons.

Un mois, répète Jérôme du bout des lèvres. Un mois.

Un mois entier devant lui, aussi vaste et vertigineux que les champs de maïs du Midwest. Le train a quitté Chicago il y a trois heures et entre maintenant dans l'Iowa. Paysage grand ouvert. Jérôme n'a jamais vu un ciel si grand, si bas. Le train s'y engouffre. Derrière la vitre, le paysage reste invariablement le même pendant des heures. Jérôme revoit la grève, la longue route droite avec le Jura et le lac d'un côté et la forêt de l'autre, la route qu'empruntaient ses parents au volant de la Seat blanche pour se rendre au travail tôt le matin ou en revenir tard le soir, la route qu'ils prenaient pour les emmener, Julie et lui, à l'entraînement de basket, chez le médecin ou pour aller au supermarché. La grève. La route qu'il fallait prendre pour quitter le village de Grande-Fin et pour sans cesse y revenir.

Un mois de vacances. Un mois libre. Trente nuits loin de chez lui. Jérôme en éprouvait une sorte de vertige, une sorte d'infini entre deux bornes temporelles, un vol aller et un vol retour. Ni son père ni sa mère n'avaient jamais eu le luxe d'une telle pensée. Toute leur vie, le mois avait été une source d'angoisse, leur unité de mesure. Le salaire à la fin du mois conditionnait la taille du chariot de courses le samedi après-midi au supermarché. Quand Jérôme et Julie demandaient une nouvelle paire de chaussures, la mère répondait, Pas ce mois, le prochain. À la cuisine, chaque carré du calendrier représentait un jour, chaque feuille un mois, chaque page arrachée une victoire sur les fins de mois difficiles. La moitié des cases avaient été méticuleusement passées au stabilo rose – les jours de travail de Suzanne –, comme si son application tenait à souligner que ces journées-là ne lui appartenaient pas, qu'elle avait définitivement fait une croix dessus. Dans sa jeunesse, Jérôme avait constaté que sa famille et les familles qui leur ressemblaient avaient toujours suivi ce même mouvement qui consiste à tracer les jours, arriver coûte que coûte à la fin du mois, une montagne à escalader, que ce soit enfin derrière. La vie passait comme ça, prenait de l'épaisseur non pas dans l'intensité des choses vécues mais dans le simple empilement des jours, des mois, des années. Tout semblait toujours passé, le meilleur derrière, révolu, alors que pour certains de ses amis – ceux qui ne manquaient de rien, ceux chez qui les placards toujours pleins offraient un choix illimité de biscuits, de chocolat, de céréales, ceux qui avaient un abonnement télé avec trois-cents chaînes –, pour eux les réjouissances succédaient aux réjouissances, trois semaines aux Canaries venaient effacer deux semaines à Bali, le meilleur était toujours à venir et ils étaient prêts quand il arrivait.

Le père s'arrêtait rarement devant le calendrier pour savoir quand Suzanne travaillait, pour savoir qui venait à la maison, quand les enfants avaient match. La seule information intéressante pour le père était de savoir si le 25 approchait. Il se réjouissait toujours du 25, disant sur le ton de l'évidence, lorsqu'on lui demandait pourquoi il était de si bonne humeur, Jour de paie ! Chaque 25, le miracle se poursuivait, chaque 25 Jérôme imaginait l'argent tomber du ciel, comme dans Fort Boyard, sur le compte en banque de la famille – sauvée. Entre le 25 et le 2 du mois suivant, le père rayonnait. Dès le 2, une fois les factures payées, c'était comme si le rêve prenait fin et que la réalité le rattrapait. S'éloignant du distributeur, rangeant soigneusement la carte bancaire et les billets dans son porte-monnaie, il murmurait, Il reste pas lourd. Il n'aimait pas les longs mois parce qu'il fallait tenir plus longtemps avec la même paie.

À Grande-Fin le temps avançait de façon étrange, par à-coup, comme une voiture qui tousse, au rythme du père et de ses craintes.

Sa première pluie en Amérique : de grosses gouttes s'écrasant sur le toit vitré du wagon panoramique. Au loin des nuages tourbillonnants. Le chef de train annonce les prochains arrêts : Galesburg, Burlington, Ottumwa, Osceola, Creston, Omaha. Alors, à l'instant où il note ces noms dans son carnet, Jérôme se souvient, Julie est assise siège passager, la mère sur la banquette arrière à côté de lui, le père conduit. Le nez dans la carte c'est Julie qui guide, le pouce et l'index sur la molette du volume de l'autoradio, elle baisse le son quand la voiture entre dans une localité, le monte quand elle en sort. C'est toujours Julie qui choisit les destinations de vacances ; cette année-là la Normandie et les plages du débarquement, l'année d'avant les châteaux de la Loire. Les vacances avec Julie sont l'occasion pour toute la famille de s'instruire, d'apprendre l'histoire, d'avoir quelque chose à raconter au retour. Grâce à elle toute la famille pourra dire, On a fait le Louvre, les châteaux de la Loire, on a fait les plages du débarquement.

Ce jour-là il pleut tout droit, Jérôme a sept ans et la sensation étrange de se trouver dans un pays indéfini, entre la France et l'Amérique, où se côtoient des noms comme Sainte-Mère-Église, Saint-Honorine-des-

Pertes, Colleville-sur-Mer et Utah Beach, Juno Beach, Omaha Beach – à cet âge-là il ne fait aucune différence entre la France et l'Amérique, il n'y a dans sa géographie personnelle que la Suisse trop petite d'où il ne sort qu'un week-end par mois quand la famille va faire les courses dans un Intermarché en France voisine. Le reste du monde est un grand tout qui bouillonne sans lui.

La famille marche des heures sur des plages désertes avec au-dessus un ciel gris, des nuages de ciment. Pas loin de la plage des tanks américains ayant servi durant la guerre luisent, la peinture fraîche a effacé les traces de combats, les enfants peinent à croire que ce sont de vrais chars, qu'ils ont arrêté des balles, tiré des obus, que derrière leur blindage des soldats se sont réfugiés quand Suzanne et le père, eux, revoient des images d'archive tournées dix ou quinze ans seulement avant leurs naissances à eux. Dans cette forêt de tombes blanches tous les morts s'appellent John, James, Mike et Dick, tous les morts viennent d'endroits dont Jérôme a déjà entendu les noms – Texas, Kansas, Arkansas, Arizona, Indiana, Montana – et qu'il est pourtant incapable de situer, ni sur une carte ni dans le monde. L'enfant de sept ans aimerait lâcher la main de sa mère, courir, slalomer, s'accrocher aux croix et aux étoiles, compter le nombre de foulées de l'une à l'autre, jouer à saute-moutons, à cache-cache, dans l'herbe verte se rouler, compter les brins d'herbe, passer par-dessus puis par-dessous les cordons qui entourent les tombes des personnalités célèbres.

Un cimetière n'est pas un terrain de jeu ! lui dit sa mère qui, il s'en souvient, lui avait dit sur le même ton, On chuchote dans les bibliothèques, et qui avait dû lui dire toujours à peu près sur le même ton une fois au musée, On touche avec les yeux. Le regard rivé sur le guide du Routard, Julie, elle, parce que c'est toujours à elle que revient le droit ou plutôt l'idée d'asséner de telles vérités, dit que sans tous ces morts on ne serait pas là aujourd'hui. Les nuages ne bougent pas. Jérôme ressent de l'ennui, le froid et la fatigue. Pourtant dans ce désert sans vie, un trou dans le sol, recouvert d'une plaque en métal, invite à la rêverie. Les quatre se retrouvent là, en cercle autour de ce trou qui, récite Julie, n'est pas un trou mais une *capsule temporelle*. Jérôme ne comprend ni le mot *capsule* ni le mot *temporelle* et encore moins l'association des deux. Là, sous nos pieds, raconte encore Julie, sont enterrés les journaux imprimés le Jour du débarquement. En 2044, on ressortira les journaux de terre et on lira les nouvelles d'il y a cent ans. Les quatre incrédules. Julie a la pomme d'Adam qui roule le long de sa gorge, le père a le regard qui fuit et Suzanne regarde fuir son regard. Dans quarante huit ans, calcule Julie. Jérôme essaie de se représenter ce que ça fait, quarante-huit ans, il n'a pas assez de doigts pour compter, On sera probablement plus là, dit Suzanne, peut-être qu'il n'en restera qu'un de nous deux, peut-être que les deux auront perdu la mémoire. L'effort d'imagination est trop grand pour Jérôme, et Julie demande si dans cent ans on lira encore les journaux que papa imprime, et Suzanne répond, Peut-être, et Julie se lance dans les bras de son père en lui disant qu'il fait un métier éternel.

La Seat ronfle, vitesse régulière, déroule sur les longues départementales du Calvados, le père a mis la cinquième, s'autorise parfois à lâcher le volant, à regarder la carte que Julie tient grande ouverte – avant de ramener la famille dans leur bungalow à Center Parcs, Julie tient à voir un dernier monument aux morts recommandé par le guide. Dans le rétroviseur, Jérôme aperçoit l'œil triste de son père, est-ce qu'il pense aux tombes ou à la fin des vacances, au retour au travail à l'Imprimerie ? Le père pointe la boîte à gants de l'index, dit à Julie de l'ouvrir, il tient le volant d'une main et fouille de l'autre. Papa, tu cherches quoi, dit Julie, tu cherches quoi ? La cassette. Tout le monde dans la Seat sait ce que « la cassette » signifie, celle « qui reste dans l'auto », qui doit y rester comme une relique, comme si c'était un exemplaire unique. La cassette désigne *Nebraska*, l'album de Bruce Springsteen sorti en 1982 – trois ans avant la naissance de Julie –, pas plus grande qu'un paquet de cigarettes, avec sur la fourre un pare-brise enneigé, traversant une vaste plaine grise et désolée. Avec le temps, à force d'avoir été ouverte, refermée, rangée dans la boîte à gants, le plastique de la fourre s'est usé, griffé, si bien qu'il est difficile d'attribuer ces rayures à la boîte transparente de la cassette elle-même ou au pare-brise représenté sur la pochette. L'harmonica et la voix de Bruce Springsteen, la pluie, l'air chaud qui leur arrive dans le visage les accablent, tout le monde excepté le père finit par s'endormir. Le père les réveillera vingt minutes plus tard, une fois la face A terminée. La Seat traverse le voile de bruine qui se renouvelle mètre après mètre. Jérôme suit le trajet des gouttes d'eau sur les vitres mouillées, il y a toujours vu des cartes se dessiner, l'eau ruisselle, des gouttes en gobent d'autres, grossissent avant de dévaler la pente du pare-brise comme des torrents de montagne.

C'est comme si depuis vingt-cinq ans il n'avait pas cessé de pleuvoir. Les grosses gouttes qui claquent contre la vitre du train et qui ruissellent tombaient déjà sur le pare-brise de la Seat en Normandie, elles continuent de tomber aujourd'hui dans le Midwest. Jérôme aime penser que cette eau est la même, qu'elle s'est recyclée, qu'elle a érodé d'autres montagnes, s'est infiltrée dans d'autres roches, a rafraîchi d'autres peaux, a été chassée par des essuie-glaces de l'autre côté du globe et que demain, après-demain, dans cent ans, tant qu'il y aura des trains et même après, dans mille ans et jusqu'à la fin, ce sera encore et toujours la même pluie.

À côté de Jérôme, le type qui porte un gilet en cuir noir sur t-shirt noir, catogan gris, chaînette autour du poignet, la cinquantaine, lui paraît vaguement intimidant jusqu'à ce qu'il lui demande où il va. Dans le train, toutes les discussions suivent le sens des rails, *Where do you come from? Where are you heading to?* Jérôme a dit (a essayé de dire) Omaha. Le type a répété Omaha ! Il n'a pas l'air étonné qu'on puisse se rendre à Omaha, se réjouit pour Jérôme qui aura du *fun*. S'il avait eu plus de temps le type, qui s'appelle Jimmy, lui aurait fait visiter la ville, il y avait vécu durant des années, il adore Omaha. Les étés secs et durs, et le désert glacial l'hiver. Fin prêt pour l'Apocalypse.

Jimmy descend à McCook, petite ville de huit-mille habitants. Depuis Chicago, Jimmy lit sur son téléphone des articles comparant différents modèles de guitares, regarde sur YouTube des tutoriels intitulés *How to make a rock song hit*. Ses problèmes de vue l'obligent à tenir son téléphone à moins de cinq centimètres de ses yeux, à paramétrer la plus grande police d'écriture et à dicter des SMS à haute voix. Ainsi tout le monde dans le wagon peut entendre le contenu de ses conversations. Berthie viendrait le chercher à la gare de McCook, et Jimmy continue de l'informer en temps réel du retard du train. Il s'excuse. Pour le retard, les changements de programme. Pour la météo, Jimmy s'excuse.

Le train n'avance plus depuis vingt bonnes minutes, à cause du passage d'un train de marchandises. Au pays de la vitesse et des échanges, Jérôme passe le plus clair de son temps immobilisé. Sur l'écran de Jimmy, un gars donne ses astuces pour créer un tube même si le meilleur du rock est en bonne partie derrière. Le train redémarre, au pas. Le conducteur annonce des inondations. Jimmy ne semble pas surpris ni les quelques passagers dans le wagon qui connaissent le Midwest mieux que les autres, il dit, Avec la sécheresse, le sol ne sait plus absorber. Tout s'évapore et le ciel recrache tout sans compter. Un jour l'Iowa sera un lac ou un champ de tornades.

Quand le train reprend sa route, le soleil bas colore le Mississippi, orange et trouble. À la gare de Burlington, une mare s'était formée non loin des rails. Demain elles seraient peut-être submergées. Dans le wagon tout le monde a eu l'air soulagé quand le train a quitté Burlington, laissé l'eau derrière. Jimmy, lui, sait. Quand le Mississippi est si haut à Burlington, la rivière Des Moines l'est sans doute davantage encore à Ottumwa. Avec Jimmy, Jérôme a à côté de lui quelqu'un qui connaît le pays à ras le sol. Il ne manque pas d'anecdotes sur tel ou tel patelin. Sur des territoires aussi vastes les commérages vont plus loin, les histoires vont avec le vent, avec le fleuve. Les *flyover states*, c'est chez lui. Il est fier d'y vivre, content que les bourgeois les survolent et qu'ils ne s'y arrêtent pas, qu'ils laissent ce pays tranquille. Il n'a pas dit bourgeois, il a dû dire *tourist* ou *yuppies* ou *fancy people*, mais pour lui-même Jérôme a traduit par bourgeois.

À la maison, les parents de Jérôme ne parlaient pas de *bourgeois* mais de *bourges*, Regarde en face, cette voiture de *bourges* qu'ils ont achetée. Longtemps Jérôme n'a pas compris à quoi bourges faisait référence, il a pensé à bourgeons comme si les bourges bourgeonnaient partout autour d'eux, sans que la famille de Jérôme ne soit jamais touchée par la grâce de ce bourgeonnement. Autour de chez eux fleurissaient les maisons neuves, les rectangles de gazon, au fond du jardin les mini-buts de foot et le trampoline, bientôt les écrans de plus en plus grands et de plus en plus plats dont la lumière éclatante des derniers jeux-vidéos en vogue se déversait dans les ruelles de Grande-Fin. Les bourges se reproduisaient et leurs petites pousses proliféraient. Les petits bourges poussaient sur des arbres solides, bien enracinés, connaissaient moins la chute, moins sujets à être abattus. Lorsqu'il a compris que *bourge* venait de *bourgeois* et que les bourgeois appartiennent à la bourgeoisie, la classe de gens qui possédaient les machines à imprimer sur lesquelles travaillait son père, Jérôme s'est dit que l'étymologie inexacte du terme bourge qu'il avait lui même créée n'était pas si éloignée de la réalité, et qu'il y avait peut-être, dans sa vie, quelque chose à faire avec les mots.

Le défilement du paysage, la succession des arbres, la permanence des champs abouchés à d'autres champs, le bercement du train, la cadence scandée par le contact entre les roues et les soudures des rails, et deux heures déjà ont passé depuis Burlington.

Après Ottumwa, le train s'est arrêté devant une large étendue d'eau. La rivière Des Moines, étale, a l'air d'un grand lac de métal, assez grand pour réfléchir chaque nuage, seulement scindé par deux lignes noires. Les rails. Deux entailles au cutter sur une feuille de cuivre, la voie à suivre. Bientôt il n'y aurait plus de passage. La beauté effrayante du paysage – l'eau incongrue remplaçant les prairies, les arbres les pieds dans l'eau, le miroitement de la lumière sur des kilomètres comme sur un lac. On a vu les contrôleurs et les contrôleuses cesser de vérifier les billets et se regrouper entre deux wagons, quelques voitures plus loin. Peu à peu les passagers se sont levés, se sont assis aux places libres côté nord, du côté de la rivière Des Moines pour voir l'étendue. Comme on regarde la mer. Au loin on peut voir quelques maisons mais la distance est trop importante pour déceler si les fondations sont déjà inondées.

À nouveau la pluie vient perturber le calme de la surface, alors le train se remet à rouler, à la vitesse du pas, traversant les eaux. Le personnel du train s'affaire d'un bout à l'autre du wagon, marchant plus vite que le train n'avance et même s'ils ne peuvent rien faire contre les éléments, les voir s'activer donne aux passagers un sentiment de sécurité. Jérôme se demande s'il arrivera un jour à Denver, à temps pour assister au concert de Bruce Springsteen. Il a honte de cette pensée alors que des comtés entiers sont sous l'eau.

Bruce Springsteen, Jimmy l'a vu plusieurs fois en concert. Il s'étonne qu'on puisse traverser l'Atlantique pour un concert. Dans son mauvais anglais, Jérôme essaie de dire qu'il fait cela pour son père, puis il se corrige, disant que c'est le rêve que son père n'avait jamais pu réaliser et que nous, les enfants, la génération d'après, on est là pour faire ce que les parents n'ont pas pu faire. Jimmy le regarde sans rien dire. Jimmy ne ressemble en rien à son père, ni les yeux ni la corpulence, mais quelque chose dans l'attitude, le tempérament les rapproche. Puis Jimmy, rompant ce silence qui n'avait pas été long mais qui, pour deux inconnus, a déjà trop duré :

J'ai l'impression d'avoir rencontré ton père mille fois.

Je nc sais pas qui connaît mon père.

Jérôme lui-même n'est pas sûr d'avoir connu son père. Il n'était jamais vraiment là, il apparaissait comme un fantôme dont tout le monde dans la famille, y compris Jérôme, avait un peu honte et dont personne ne savait quoi faire. Jérôme se souvient de ce regard que la peur avait entièrement vidé. Chaque soir son père angoissait de retourner au travail, chaque soir il avait peur de ne plus avoir à y retourner, que le chef arrive un matin à l'atelier en disant, L'industrie du papier va mal. La boîte a été rachetée, ils suppriment ton poste. Et Jérôme se souvient de ce soir-là : il est à table avec Julie et sa mère, le père n'est toujours pas rentré, sans doute retenu à l'Imprimerie. Jérôme regarde par la fenêtre, la lumière devait être un peu comme celle-ci, un soir foncé qui avait englouti son père sans que personne ne s'en rende compte, et Jérôme et Julie et sa mère mangeaient sans prêter attention à ce grand corps absent sur cette chaise vide.

Ça ressemble à une histoire de Springsteen, a dit Jimmy.

Oui, répond Jérôme, Bruce Springsteen aurait pu chanter pour lui.

À cause des inondations dans l'Iowa, le train a fini par rejoindre Omaha avec cinq heures de retard. Il est trois heures du matin lorsque Jérôme récupère sa valise sur une remorque en bois où les bagages ont été jetés pêle-mêle. La gare d'Omaha est un bâtiment en briques au toit plat, isolée dans un creux. Elle a moins les dimensions d'une gare que celles d'un de ces fast-foods perdus aux confins de la ville. L'enseigne lumineuse Amtrak déconne, reste éteinte de longues secondes avant de scintiller à nouveau. Là-dedans, dans ces wagons formant une colonne infinie, bête métallique fatiguée ronflant le long du quai, des voyageurs dorment, qui continuent en direction de Lincoln, Denver, Glenwood Springs, demain à la même heure ils arriveront à Salt Lake City et bientôt ils auront rejoint le bout du continent. Quand le train est parti, laissant bientôt la ville d'Omaha perdue dans la nuit du milieu du monde, le visage de Jimmy illuminé par son téléphone est apparu à une fenêtre de l'avant-dernier wagon. Il atteindrait McCook dans cinq heures. Le matin, lorsqu'il mettrait un pied en dehors du train, le sol serait à nouveau brûlant. Marchant sur le pont qui enjambe les voies, Jérôme peut sentir remonter le long de ses mollets la chaleur que le bitume a bue toute la journée. Jérôme arrive d'un autre monde, celui froid et glissant du California Zephyr, la climatisation l'a enveloppé dix heures durant, le paysage n'a eu de cesse de changer de l'autre côté de la vitre quand maintenant la chaleur le plaque au sol et que la fatigue, le poids de son sac à dos et de sa valise, l'empêchent d'avancer plus vite. Son hôtel se trouve à quinze minutes à pied de la gare. Il est sans savoir si les environs de la gare sont sûrs. Les crimes violents à Omaha touchent surtout les membres de gangs, a-t-il lu sur internet. Après dix jours à Chicago Jérôme a appris à « checker la sécurité du quartier » partout où il va depuis qu'il avait réservé un logement dans East Garfield Park que des amis sur place lui avaient d'abord fortement déconseillé avant de lui interdire formellement de s'y rendre, l'obligeant à rester dormir chez eux. Sur un forum en ligne, où il était écrit que « les résidents d'East Garfield Park ont 1 chance sur 10 d'être victimes d'un crime violent » et que « le taux de criminalité contre la propriété est 299 % plus élevé que la moyenne nationale », une internaute rapportait qu'elle s'était retrouvée à genoux au milieu du trottoir, mains sur la tête, flingue sur la tempe. Pour un porte-monnaie.

Jérôme marche seul le long de la 10e rue. Les autres voyageurs descendus à Omaha avaient appelé un taxi ou quelqu'un était venu les chercher à la gare ; il a l'impression d'en reconnaître certains qui le dépassent, se retournant au dernier moment, le reconnaissant à leur tour, inquiets ou surpris de le voir marcher au milieu de la nuit. Au coin d'une rue, des panneaux de couleur indiquent New York à 1'142 miles, London à 4'287 miles, Marseille à 4'820 miles, pourtant dans cette nuit sèche Jérôme respire la même odeur de pins et de sable qu'au sud de la France. Au centre d'un continent inconnu, hostile par son climat et la langue qu'il parle mal, hostile envers les nombreux SDF croisés depuis dix jours maintenant, Jérôme retrouve là enfin quelque chose de familier et de rassurant : l'odeur. Rien que l'odeur du sud et du chaud qu'il associe aux vacances en famille, dont les premières senteurs commençaient à un endroit bien précis, sur l'aire d'autoroute de Montélimar, l'arrêt rituel où la famille s'arrêtait pour se dégourdir les jambes, enlever des couches d'habits, faire une pause-toilettes, l'arrêt qui signalait le début de la douce temporalité des vacances. Une fois que la Seat avait traversé ce rideau parfumé, l'odeur courait partout le long de l'autoroute du Soleil, les accompagnait jusqu'à Aubagne, La Ciotat. Et l'espace de deux semaines il n'y avait que ça, la famille, les vacances, l'odeur, la plage, les après-midi entières à plonger depuis les calanques, le faux maillot de l'OM acheté au marché, les regards complices entre les parents qui ne se rencontraient qu'en vacances, les soirées karaoké au camping, le plat de moules-frites au restaurant le soir quand le front et les joues avaient rougi au soleil toute la journée, les épaules pelées, la sensation du sable chaud, et la nuit au lit avant de dormir le mouvement insistant des vagues qui berce Jérôme jusqu'au lendemain matin.

Jérôme est resté là quelques instants – quarante secondes, une minute peut-être – à contempler ce nom, Marseille. La dernière fois qu'il l'avait lu, c'était le jour du départ à l'aéroport de Zurich, des voyageurs cherchaient la porte d'embarquement pour le vol Zurich-Marseille. Maintenant il est deux heures à Omaha, neuf heures à Marseille, ils se promènent probablement près de Saint-Charles, peut-être tombent-ils eux aussi, près de l'office du tourisme, sur un de ces panneaux qui relient entre elles des villes aux quatre coins de la planète. Un fil est tendu entre eux et Jérôme, comme entre deux têtes d'épingles sur une mappemonde. Le monde lui a paru tout à coup incroyablement continu.

Le monde est à ce point continu qu'au réveil, ayant allumé la télévision de la chambre d'hôtel, alors qu'il défait sa valise, une glaciologue explique sur CNN que la déforestation est en grande partie responsable du réchauffement climatique ; que l'agriculture sur brûlis provoque des feux gigantesques dont les fumées contribuent à l'effet de serre ; que l'atmosphère se réchauffe, que l'air devient de plus en plus sec, que les feux de forêts démarrent ainsi au quart de tour et contribuent au réchauffement climatique ; et que ce n'est pas tout : que les feux détruisent les arbres, amenuisent la portée de leur ombre, que les neiges davantage exposées au soleil fondent plus rapidement ; que le climat global se réchauffe, que les glaciers qui fondent libèrent de l'eau, et que le niveau des océans augmente ; et qu'ainsi Bordeaux, Melbourne, Hanoï, Thessalonique, Shangaï, entre autres, sont menacées, que Venise disparaîtra, que les Maldives disparaîtront ; que les populations les moins fautives sont les premières à en payer le prix. Comme elle sent les journalistes estomaqués par ces prévisions, personnellement attaqués, la glaciologue profite d'ajouter, non pas pour noircir le tableau mais pour rendre plus tangibles ces prédictions : que davantage de tornades et d'inondations guettent les USA, qu'il faudra toujours plus compter avec les phénomènes que nous connaissons actuellement dans le Midwest – inondations, tornades, glissements de terrain, coupures d'électricité. Presque à contrecœur, pensant peut-être que leurs enfants, leur famille regardent en ce moment même la télévision, le duo de journalistes demande à la régie de projeter les images de synthèse censées clore le sujet sur le réchauffement climatique. Le caractère virtuel de ces images – les rues de Boston immergées, les buildings new-yorkais qui ont pris l'eau –, déconnectées de la réalité sensible, désincarnées, représentant des villes schématiques, sans humains, a quelque chose de rassurant. Les journalistes avertissent toutefois que ce ne sont que des prédictions et que les prédictions valent ce qu'elles valent.

Dans Old Market, le centre-ville historique d'Omaha aux airs de western climatisé, Jérôme retrouve le plaisir de la marche. Le monstre tentaculaire de Chicago paraît bien loin. Le matin est chaud déjà, une brise file dans les rues. C'est calme, peu de voitures, pas de plaintes d'ambulances ni de camions de pompiers, une petite ville de 450'000 habitants. Les commerçants ont installé leurs stands au marché peu de temps seulement après le passage de Jérôme au milieu de la nuit. Ici les gens se saluent, le saluent, lui demandent d'où il vient, où il ira. On lui dit le plus grand bien du Parallel Lines, l'hôtel où il a passé la nuit.

Omaha is a nice place to live. Omaha is underrated. Omaha, le nom est partout, dans la bouche des passants, des commerçants qui délivrent des conseils aux touristes. Omaha, appondue à Council Bluff, les deux villes plantées de chaque côté du fleuve Missouri, frontière naturelle entre le Nebraska et l'Iowa. Au milieu du pont qui relie les deux villes, Jérôme a placé ses pieds de part et d'autre de la ligne mince qui marque la limite entre les deux états pour le seul plaisir d'être dans deux lieux à la fois. Omaha qui sonne et résonne dans sa tête comme une rengaine, et cet accent tonique qui glisse d'une voyelle à l'autre, sans qu'il ne parvienne à le fixer et à trouver la bonne musicalité. Omaha, le nom partout lisible, à l'entrée des musées, sur les dépliants à la sortie des magasins, sur les plaques devant les bâtiments publics. Omaha, ville fondée en 1854, étape pour les émigrants qui cherchent à rejoindre la Californie à bord de goélettes des Prairies, Omaha, *The Gateway to the West* d'où partira la première ligne de chemin de fer transcontinental. Omaha qu'il avait entourée d'un cercle sur la carte des États-Unis accrochée au-dessus de son bureau, quelques mois plus tôt en préparant son voyage, par attrait pour le nom d'abord avant de comprendre qu'il s'agissait d'un passage obligé pour appréhender ce pays, le nœud de la colonisation, des massacres. Point de chute, point de fuite à partir duquel s'explique l'histoire américaine. Omaha dont tout le monde ou presque lui avait dit que c'était un trou où il n'y a rien à y voir. Et c'est vrai, il n'y a pas beaucoup de choses à voir, et sur cette terre où le grand ciel s'affale, il a l'impression de rejouer *La mort aux trousses*, seul à un carrefour isolé au milieu de rien.

La chaleur est telle, Jérôme se réfugie dans une librairie du centre-ville. Il avance entre les étagères, péniblement, levant bien haut pieds et genoux, comme s'il progressait dans la forêt entre des hautes herbes et des arbustes tant les livres foisonnent, érigés en piles fragiles, grimpant le long des étagères comme le lierre autour d'un chêne. Au libraire, Jérôme a demandé à voir les livres sur l'histoire du Nebraska. Au bout d'un moment, le libraire est revenu vers lui, a fait signe de le suivre et l'a emmené dans un carré exigu formé de quatre bibliothèques, il y a sur chacune d'elles des étiquettes, Chinese, German, Spanish, Portuguese, Dutch, Russian, French. Parlez-vous français, lui a dit le libraire avec un fort accent, tendant à Jérôme une anthologie de poèmes et de chants des Indiens d'Amérique du Nord, aux pages jaunies maintes fois écornées. *It's all in here*. En partant il désigne le fauteuil, alors Jérôme s'assoit. Il feuillète le livre au hasard ou plutôt c'est le livre qui le parcourt, chaque phrase résonne, vibre, touche en lui des zones inconnues.

Poèmes noms

Chacun ici a « gagné » le nom qu'il porte, et on le dépose en lieu sûr, dans la mémoire, dans la bouche, dans les mots du poète historien.

« On m'a apporté des noms de partout, confiait Makidemewabe à son ami Howard Norman, je les ai ramenés à la maison et c'est ici que je les raconte. »

Pluie-Toute-Droite

Pendant longtemps nous avons pensé que ce garçon
n'aimait rien d'autre que ce qui tombait
tout droit. Il semblait ne se soucier
de rien d'autre.

Nous étions effrayés qu'il puisse seulement ENTENDRE
ce qui tombait tout droit !

Nous l'observions debout dehors
sous la pluie. Plus tard, on raconta
qu'il avait mis une toute petite mare d'eau de pluie
dans l'oreille de sa femme pendant qu'elle dormait. Puis il s'était penché pour écouter.
Je me rappelle comme il était heureux
quand il discourait sur toutes les sortes de pluies.

Sur celle qui tombe des ailes des hérons
quand ils sortent d'un lac et s'envolent. Je sais
qu'il voulut aussi un peu de cette pluie de héron
pour l'oreille de sa femme !

Il sortait au printemps pour observer
les jeunes filles qui se frottent le dessous des yeux à l'oignon sauvage
jusqu'à ce que jaillissent les larmes.
Il avait aussi un nom pour cette pluie-là.
Pluie triste d'oignon.

Cette pluie tombait toute droite,
elle aussi, de leurs visages,
et il observait.

Jérôme relève la tête, regarde dehors, le soleil cogne sur le trottoir, revoit toutes ses pluies, celle du train hier, celles froides et détestables de novembre dont les gouttes ruissellent dans la nuque, celles qu'on ne sent pas à cause de l'effort ; il sent ses pluies d'enfance – les grosses gouttes après la chaleur qui éclatent au sol, miraculeuses après les trois semaines d'une canicule d'enfer, les pluies de fin d'après-midi à la plage qui ne vous font rien parce que l'eau chaude de la mer vous protège – et il retrouve la pluie de son père, le rideau de pluie derrière lequel il disparut. Et Jérôme répond à une question qu'il ne s'était jamais posée, la météo qu'il faisait ce jour-là, il arrive à cette certitude : son père avait disparu un jour de pluie. Il est incapable de comprendre si cela signifie quoi que ce soit, mais il comprend cela : le pull des Rockies du Colorado que portait son père le jour de sa disparition était mouillé.

Jérôme se défait de son sac à dos, reste là une heure, deux heures, à lire des pages inouïes.

« Dire le nom, c'est commencer une histoire. » Samuel Makidemewabe

Quand ils étaient seuls sur la terre, ils se nommaient eux-mêmes.

(Cheyennes)	Les Hommes
(Pawnees)	Les Plus Hommes des Hommes
(Lenapes)	Les Hommes Vrais
(Apaches)	Le Peuple
(Hopis)	Le Peuple Pacifique
(Arapahos)	Notre Peuple
(Mandans)	Le Peuple sur la Rive
(Winnebagos)	Le Peuple de l'Eau-Boueuse
(Cherokees)	Le Peuple des Cavernes
(Sauks)	Le Peuple de la Terre-Jaune
(Foxes)	Le Peuple de la Terre-Rouge
(Tetons)	Ceux-qui-habitent-la-Prairie
(Hunkpapas)	Ceux-qui-campent-à-l'entrée
(Kiowas)	Ceux-qui-sortent
(Iowas)	Ceux-qui-dorment
(Omahas)	Ceux-qui-vont-contre-le-vent

Quand ils ne furent plus seuls, les Blancs, les marchands, les trappeurs, les voyageurs, les jésuites les nommèrent.

Aujourd'hui, leurs noms ont pour tombeaux…

des lacs :

Érié (Peuple du Chat)
Huron

des montagnes :

Adirondacks

des États des USA :

Alabama Arizona Colorado Dakota Iowa
Illinois Kansas Massachusetts Utah

Dehors sur le trottoir, le vent ouvre le livre, fouette les pages. Il tente de le refermer, de cacher la couverture avec ses mains, mal à l'aise de l'avoir acheté. Jérôme n'est pas de Ceux-qui-vont-contre-le-vent, il ne fait que prendre le train, suit les chemins de fer, « la toile d'araignée de l'homme blanc », « ce dangereux serpent » qui a mordu et englouti les terres des Indiens d'Amériques. Les Omahas ont cédé leurs territoires au gouvernement des États-Unis en 1854 pour 850'000 dollars. Ils vivent aujourd'hui dans une réserve, à une heure et demie de route au nord. Jérôme ne fera pas comme certains de ses amis, non, il n'ira pas voir à quoi ressemble une réserve.

Dans l'appartement de quatre pièces à Grande-Fin, son père avait fixé au mur des photos de chefs indiens. Sitting Bull, Nuage Rouge et Crazy Horse trônaient fièrement au-dessus de la télévision. Enfant, Jérôme ne voyait pas le problème à ce qu'ils figurent à côté des autres décorations du père, des posters du Golden Gate Bridge, d'une station-service de la Route 66, d'un motel et du logo des Rockies du Colorado. Il trouvait même cela cohérent, tout cela provenait du même continent. Il avait entendu parler des guerres mais ne connaissait rien à l'Histoire. Lui et Julie avaient une caisse à jouets remplie de holsters, de revolvers, de plumes, d'arcs et de carabines, les deux jouaient aux cow-boys et aux Indiens dans la cour de l'école sans savoir ce qu'ils rejouaient.

White Antelope Pendant le massacre de Sand Creek chanta, debout, son chant de mort :

Rien ne vit longtemps
sauf la terre et les montagnes.

Depuis trois jours qu'il est à Omaha, à se déplacer à vélo pour domestiquer la chaleur, créer de l'air sur son corps, il commence à en avoir fait le tour. Les bâtiments, les panneaux routiers, les statues de bronze n'apparaissent plus dans leur lumière étincelante de la première fois, il les reconnaît, les a vus sous plusieurs angles, baignés d'une lumière différente. Il a aussi appris à reconnaître les revêtements, ceux qui rongent les pneus et demandent de pédaler fort et ceux où il n'y a qu'à se laisser rouler, parfois il s'autorise à lâcher le guidon, se tient la nuque, relâche ses épaules. Il sait comment éviter les zones de travaux, où commencent et où finissent les pistes cyclables. Peu à peu les dimensions de la ville s'inscrivent dans son cerveau et dans ses cuisses, les bornes de vélos en libre-accès apparaissent miraculeusement quand il en a assez de pédaler. Omaha reste une ville aux proportions américaines, sans mesure. Pédaler entre les quelques gratte-ciel sur de longues avenues conçues pour les bagnoles a quelque chose de grisant. Sur son vélo, les mots de la dame de Seattle lui reviennent comme une litanie *Omaha it's flat it's dry it's hot*, de manière si lancinante que des variations s'opèrent dans sa tête *Omaha it's dry it's hot it's flat.* La rencontre avec la dame de Seattle lui paraît déjà si lointaine, alors que la date affichée sur sa montre fait remonter l'événement à moins de deux semaines en arrière. La dame de Seattle lui revient à l'esprit, parfaitement nette dans la nébuleuse de la mémoire à court terme. Les premiers jours de voyage pourtant si proches, intenses et compacts, semblent déjà appartenir à une autre vie. *Omaha it's flat*, s'encourage Jérôme quand survient une légère pente, *it's flat, it's lost* et c'est si vrai et les côtes sont si éloignées qu'il est pris d'une forme de claustrophobie ou de vertige rien qu'en visualisant son emplacement sur le GPS de son téléphone fixé sur le guidon. Il se reconnaît dans ce point bleu qui avance, et s'il continue de dézoomer il est ce point bleu perdu au centre du continent. Jérôme préfère ne pas y penser et profite de l'air qui s'engouffre dans son t-shirt par grosses bourrasques et sèche sa transpiration plus il pédale vite. Il peine à se représenter cette ville réaménagée pour les cyclistes – la veille un type dans un bar lui avait fait part de son inquiétude, disant quelque chose comme, Bientôt nous, les *car drivers*, n'auront plus droit d'entrer dans la ville, il suffit de regarder ce qui se passe à San Francisco. Puis un grand coup de klaxon, et avant même le bruit du moteur Jérôme entend le sifflement des larges pneus ratisser le bitume. Un Hummer avale les mètres et fonce sur lui. Jérôme s'arrête sur le côté, pose le pied sur le trottoir ; le conducteur du Hummer regarde le vélo comme on regarde une carcasse au bord de la route, l'air de dire que oui, comme ça, il approuve les vélos. Arrêtés.

Plus tard, vers le nord sur le Riverfront le long du Missouri, Jérôme disparaît sous le pont où se rejoignent la Grand Army of the Republic Highway et le Gerald Ford Freeway, du nom du président des États-Unis né à Omaha. Jérôme réapparaît une fois passé sous le pont. Il s'arrête. De là il devine les panneaux d'autoroute qui indiquent Sioux City, Kansas City. D'innombrables voitures roulent au-dessus de sa tête, vont vers Chicago, descendent vers le Texas. Il se remet à pédaler, à avancer de quelques mètres, le vent dans la face, il se retourne encore, continue de regarder les panneaux, il aime les autoroutes pour cela, pour comprendre les connexions entre les villes, pour voir d'où ça vient et où ça part. Il voyage pour cela, les panneaux et les noms de lieux. Si bien que ce panneau, Kansas City, il se demande s'il mène à Kansas City, Missouri ou à Kansas City, Kansas. Comme Kansas City, Missouri et Kansas City, Kansas sont situées l'une en face de l'autre, seulement séparées par les rivières Missouri et Kansas, il y a de fortes chances pour que l'autoroute desserve les deux villes. Un même nom pour deux lieux différents, Jérôme y voit là quelque chose de magique et l'inscrit dans son carnet. Hormis que c'est l'État qui se trouve au sud du Nebraska, Jérôme ne sait rien du Kansas. Il a seulement en tête les premières lignes du roman de Truman Capote, *De sang-froid*, qui auraient pu tout aussi bien s'appliquer au Nebraska :

> Le village d'Holcomb est situé sur les hautes plaines à blé de l'ouest du Kansas, une région solitaire que les autres habitants du Kansas appellent « là-bas ». À quelques soixante-dix miles à l'est de la frontière du Colorado, la région a une atmosphère qui est plutôt Far West que Middle West avec son dur ciel bleu et son air d'une pureté du désert.

Jérôme recopie ces quelques lignes retrouvées sur internet et écrit dans la marge : « *Je* est là-bas. »

Jérôme grandit lui-même dans une région solitaire que les autres habitants appellent « là-bas », dans un village éloigné des grands centres urbains. Jérôme a toujours eu l'impression de vivre au bout de quelque chose, sans trop savoir quoi, certainement à cause de ce nom trompeur Grande-Fin, mais les terres continuent, les champs ne cessent pas, la rivière coule et la route de la grève dessert tout le bord du lac. Il se sent faire un peu plus partie du monde quand a été construit le rond-point à l'entrée du village. Quand il n'y pas de voitures, il donne dix bons coups de pédales jusqu'à ce que ses cuisses sifflent et laisse son vélo faire des révolutions autour du rond-point. Faire un tour complet, avoir le choix entre les quatre points cardinaux, c'est faire le tour du monde. Puis on voit apparaître des panneaux GENÈVE-LAUSANNE qui élargissent son champ de vision. Au début il les craint, s'il continue de pédaler dans cette direction il devrait théoriquement rejoindre ces deux villes, se retrouver perdu au milieu des embouteillages, lui dont les jambes et l'unique plateau de son BMX ne l'avaient jamais porté plus loin que les villages alentour. Il aimerait croire que le monde s'agrandit au fur et à mesure qu'on plante de nouveaux panneaux comme BERNE ou PONTARLIER-FRANCE et pourtant, c'est étrange, l'espace se resserre et Grande-Fin, comme un nouveau point sur la carte, se connecte à tout le reste, se rapproche de la ville. Tout au bout du village, après la rue du Couchant, le chemin des Terres-Rouges permet de rejoindre la longue route de la grève qui continue le long du lac jusqu'à la plage de la Petite Amérique.

Heureuse l'enfance à Grande-Fin. Le vélo, les copains et les copines, les cabanes dans les bois et la liane qu'on fume pour s'entraîner avant les vraies clopes, le panier de basket devant la grande salle du village qui surgit mystérieusement un jour d'avril – tombé du ciel comme un menhir ou sorti de terre tel un champignon. À Grande-Fin personne ne joue au basket à part lui et Julie. Eux dont les parents n'ont ni balcon ni jardin, prennent la place du jour au lendemain sans rien demander à personne, occupent le *playground* (comme ils apprendront à le dire plus tard) dès que l'école est finie. Jérôme et Julie voient les rideaux s'écarter aux fenêtres des maisons qui donnent sur le terrain de sport, on les surveille, on ira se plaindre auprès de la municipalité s'ils font trop de bruit. Suzanne doit se faire violence quand Jérôme balance son sac après l'école et enfile ses habits de sport, elle doit se faire violence et montrer qu'elle est convaincue quand elle dit, Les devoirs avant les loisirs, alors qu'au fond d'elle oui, au fond d'elle elle préférerait qu'il aille jouer, qu'il transpire, qu'il s'envole vers le panier. Parfois elle cède Suzanne, et fait promettre à Jérôme qu'il fera ses devoirs en rentrant. Et parfois Suzanne n'y pense même pas aux devoirs du petit, elle a bien assez de choses à penser, bien assez à faire à la maison sans devoir encore s'encombrer des gosses, de leur servir les quatre heures, elle a bien assez de choses à ruminer. Il y a des jours où elle est triste, Suzanne, de voir Julie et Jérôme partir l'un à côté de l'autre en dribblant, en sautillant, alors qu'elle voudrait les avoir près d'elle, qu'ils lui parlent, lui racontent leur journée, lui expliquent la signification de ces tatouages dessinés au stylo-bille sur leurs bras. Daniel lui, ne manque pas une occasion de lui raconter sa journée, d'ailleurs il ne fait que ça, lui raconter sa journée, sans jamais s'interrompre, sans que jamais ne lui vienne à l'esprit que sa femme elle aimerait bien qu'on parle un peu d'elle, qu'on remarque que ce qu'elle fait à la maison est indispensable et qu'aussi indispensable et important et essentiel et tout ce qu'on veut ça n'a absolument rien de gratifiant de nettoyer les chiottes, rien de gratifiant de repasser des pantalons, de plier des culottes et des draps, rien de gratifiant de savoir par cœur au sortir du lit si on est le deuxième jeudi du mois et savoir dès la première gorgée de café que le deuxième jeudi du mois c'est en principe le jour où elle nettoie les sols, rien de gratifiant non plus de vider le lave-vaisselle, d'ailleurs pourquoi il est toujours enclenché la nuit ce putain de lave-vaisselle et pourquoi c'est toujours elle la conne qui quitte pas la maison le matin et qui est condamnée à vider ce putain de lave-vaisselle, oui elle aimerait bien qu'on parle de ça et qu'on reconsidère quelques règles à commencer par mettre en route le lave-vaisselle l'après-midi, rien à battre si on paie l'eau plus cher la journée, elle aimerait bien qu'on parle de ce que signifie travailler dans le bruit ou plutôt dans le silence car le silence de la maison, la solitude, l'enfermement au foyer vont finir par la rendre folle et les CD de Supertramp et de Joe Cocker ne suffisent pas à boucher ce silence, et les merdes qui passent sur TF1 la ramollissent, ça aussi ça s'appelle faire face à des nuisances, travailler dans la pénibilité. Alors parlons-en, Daniel, tu veux bien? Mais il y a bien longtemps que Suzanne et Daniel ne se parlent plus, il y a bien longtemps qu'ils ne s'appellent plus par leur prénom, ils s'adressent un « toi » ou un « tu » du bout des lèvres ayant la même portée qu'un « vous » timide proféré à un inconnu dans la rue, une barrière de sécurité, un sas qui instaure une frontière clairement délimitée entre deux corps. Il y a bien longtemps que les mots qu'ils utilisent pour se parler sont asséchés et qu'ils ne véhiculent plus rien d'autre que des évidences, Je vais chercher les enfants, Voilà c'est prêt, De la mayo y a encore?

Durant cette enfance heureuse, si Jérôme a remarqué ce mur de silence qui sépare ses parents, il n'a pas mesuré la profondeur de leur malheur. Il a pensé que c'était toujours comme ça dans les couples d'adultes, il a pensé qu'à l'âge de ses parents on s'aime sans se parler. Et autour de ses parents il avait vu des gens s'aimer de cette manière – aride.

Une fois les enfants en âge de se débrouiller, Suzanne a repris du service en tant qu'infirmière à l'hôpital. D'abord, le père s'y était opposé. Qui s'occuperait des enfants? Il y a tant à faire à la maison, tu le dis assez toi-même. Les premiers mois, avec les amis et le reste de la famille, le père éprouvait de la gêne à ce qu'on évoque le travail de Suzanne, disant, Elle n'aurait pas besoin, je travaille assez comme ça. Il le vivait comme un échec, le travail pour lequel il s'abrutissait et se cassait le dos ne suffit pas, tel était le message qu'il croyait que sa femme lui envoyait. Avec le temps, il admettait que le salaire de Suzanne, même si ce n'était « pas grand-chose », permettait de souffler. Le salaire de Suzanne contribuait à s'offrir des « petites vacances », des « petits restaurants », des « petits apéros ». Tout ce que payait le salaire de Suzanne était « petit », le père ayant toujours considéré qu'elle avait dégoté un « petit boulot », comme il avait dit plus tard à Julie de se trouver un « petit job d'étudiante ». Lui seul travaillait vraiment – le travail le vrai, dur et pénible. Lui qui sortait de table avant les autres, disant, Moi je bosse demain.

Le vélo de Jérôme tient sur la béquille. L'aluminium brille dans la lumière du soir. Derrière, le pont métallique de l'Union Pacific rongé par la rouille scintille en quelques rares endroits. Les hautes eaux couleur tourbe du Missouri charrient des troncs, des branches, des feuilles; un chariot de supermarché résiste au courant. Ce pays si jeune, déjà en ruines.

Jérôme reste un bon moment ici à regarder les quelques immeubles d'Omaha de l'autre côté du fleuve, limpides sur ce ciel rose. Parfois passe un train de marchandises, dix minutes de wagons. Sur son téléphone, il consulte un mail du patron du cinéma qui veut savoir s'il peut remplacer un collègue la semaine prochaine. Jérôme commence à rédiger, Malheureusement la semaine prochaine, puis il efface, supprime le brouillon. Ne répond pas.

Sur un parking désolé au bord du Missouri, Jérôme se demande ce qu'il fout là, seul. Pourquoi l'Amérique. Pourquoi partir sur les traces de son père quand c'est sa mère qui depuis toujours fait tenir la famille.

Deux heures du matin. Le train est parti d'Omaha avec trois heures de retard, peut-être quatre. Jérôme ne sait plus, il a cessé de consulter l'horaire d'Amtrak. Les tornades et les inondations dictent le rythme. Dans le cadre de la fenêtre un noir monochrome. Des miles et des miles sans lumière. Au milieu de la nuit surgissent pourtant des noms miraculeux de petites villes que le train traverse, Greenwood, Ashland, Friend. Puis c'est le noir le plus épais, la nuit absolue. Pourtant Jérôme ne parvient pas à trouver le sommeil. Sur son téléphone Jérôme cherche la musique qui collerait le mieux à cette nuit impériale, sans nuance. La couverture de l'album Nebraska apparaît sur son écran. L'harmonica siffle dans ses oreilles, la voix inquiète de Bruce Springsteen c'est la voix inquiète du père. Cette parfaite superposition de la musique dans son casque, du paysage autour de lui et du territoire fendu par les rails le ramène loin en enfance quand son père leur racontait que *Nebraska* est l'album le plus important de Bruce Springsteen, le plus beau, le plus simple, le plus sombre. Enregistré sur un magnétophone Tascam 144, Springsteen joue lui-même tous les instruments. L'écouter, leur disait le père, c'est pousser la porte-moustiquaire de la maison du Boss, il vous accueille chez lui, il a la mine sombre, il vous fait assoir dans un vieux fauteuil au sous-sol. Une ampoule faible au plafond pour seul éclairage, à ce stade de la nuit c'est la seule lumière au milieu de l'hiver des Grandes Plaines. Devant vous il pose un verre d'eau – le Boss ne boit pas, vit comme un moine, un homme simple – et durant quarante minutes il vous conte des histoires sordides, misérables, sans horizon. Ou plutôt l'horizon est partout, et il n'y a que ça là-bas, l'horizon et vous, et l'horizon est si large si énorme qu'il vous écrase et là au milieu on est rien. Dans chaque chanson, le Boss s'adresse à vous, il vous appelle *sir* ou *mister*.

Des fantômes apparaissent, un gars raconte qu'il a massacré des gens au hasard sur les routes du Nebraska, un autre raconte qu'il a plus de dettes que ce qu'un homme peut supporter, une voix chante les casinos d'Atlantic City qui fleurissent, les pauvres qui crevotent sur le trottoir, et les histoires se mélangent, les chansons se superposent, entrent en collision, forment des constellations, une communauté de désolation se dessine, un chien mort au bord de la route 31, des vieilles bagnoles usées comme il en existait aussi à Grande-Fin, vieilles carcasses entassées devant la dernière ferme à la sortie du village. Quand la Seat commençait à hoqueter et que Jérôme avait demandé à son père pourquoi il la gardait, le père avait déclaré que ce n'est pas que de la carrosserie et de la mécanique, les voitures véhiculent des hommes, des femmes, des enfants, elles nous transportent et nous transforment.

Cette nuit, Jérôme écoute en boucle la dernière chanson de l'album, il l'étudie même, comme il lirait et relirait les dernières pages d'un livre ou le dernier plan d'un film, cherchant à comprendre : un type s'arrête au bord d'une route, du pied il pousse une carcasse de chien dans le ravin avant de reprendre le volant. Puis défile une galerie de personnages qui ressemblent à tous les autres personnages rencontrés jusque-là dans les autres chansons. Et malgré tout, la chanson se termine par cette phrase, *At the end of every hard earned day people find some reason to believe*. Un jour son père lui avait dit, À la fin de l'album la lumière est toujours là. Après quarante minutes d'écoute, Jérôme a l'impression d'avoir traversé bien plus que le Nebraska, bien plus que l'Amérique, il a traversé la nuit noire du monde et au loin persiste une lueur. Pas une lumière d'espoir non, juste de quoi garder les yeux ouverts.

Des objets ayant appartenu à son père, Jérôme n'a presque rien gardé. Les choses sans valeur, les habits, les outils qu'il conservait au garage, les bibelots contraignants que le père avait lui-même hérités de ses parents et grands-parents et dont il n'avait jamais su quoi faire, tout a été donné ou jeté dans une benne. Le dernier jour de tri à la déchetterie avait la signification d'un enterrement ou d'un ultime adieu. C'était le printemps. Tout autour les primevères et les jonquilles coloraient les champs. Avec sa mère et Julie ils avaient consacré deux ou trois samedis à trier, à effectuer des allers-retours entre la maison et la décharge et Jérôme se souvient de ce geste que tous trois avaient eu en même temps, Julie, sa mère et lui, exactement au même moment, tous trois débarrassés de la dernière chose encombrante ayant appartenu au père de famille, à savoir le cadre en acier d'une vieille Yamaha 50 cm^3 qu'il gardait depuis des années, disant vouloir un jour en faire quelque chose, et alors ce geste, précisément : les trois se frottant les mains. Un long moment. Chasser cette poussière et cette limaille de fer qui crochent aux doigts et acter que cette fois, le tri était fait, c'était fini.

Le reste, les choses associées à des souvenirs, tout ce qui selon l'expression de Suzanne « ne se jette pas », ses cahiers d'écolier, ses cartes d'anniversaire, les cartes postales reçues de la part de la famille et de ses amis partis le plus souvent dans le Sud de la France ou en Italie, tous ces mots écrits par des proches et qui, additionnés, constituent le portrait lumineux du père, Suzanne l'avait conservé dans un carton au galetas. Il fallait grimper une échelle branlante, démêler des toiles d'araignées. Suzanne l'avait placé là non pas pour empêcher Jérôme et Julie d'y accéder, chacun pouvait s'y recueillir et se servir parmi les objets, mais l'effort que cela exigeait devait les pousser à « aller de l'avant », à ne pas trop s'attarder sur le passé. C'est dans cette valise que Jérôme avait retrouvé la cassette de *Nebraska*. Il avait seize ou dix-sept ans, il écoutait IAM, NTM, Eminem, 50 Cent. Auprès de ses potes, il aurait été au mieux un ringard, au pire un traître s'il avait avoué qu'il s'était mis à écouter Bruce Springsteen. Si quelqu'un écoutait autre chose que du hip hop, ce n'était même pas la peine de mentionner le nom de l'artiste. Dire « du rock » suffisait à être décrédibilisé. Jérôme a passé des années à ne pas écouter cette cassette, à refuser de l'insérer dans la vieille radio Sony. La cassette restait là, sur sa table de nuit. Les mois passaient, la poussière venait recouvrir le noir et le rouge de l'album. Elle demeurait là. Les CD de hip-hop s'amoncelaient sur elle, y tenaient en équilibre, comme si *Nebraska* supportait tout le reste. Lorsqu'il l'a réécoutée pour la première fois il devait avoir vingt-trois ans, son père avait disparu depuis dix ans. C'était un soir trop long derrière le comptoir de la station-service, il venait d'acheter un walkman de seconde main, il a mis les écouteurs sur ses oreilles : tout était nouveau et indescriptible, à commencer par la mousse rugueuse et chaude des écouteurs, la texture du son, les vibrations de la bande, voilà bien longtemps qu'on n'écoutait plus de cassettes. Dès qu'un client entrait dans la station-service, Jérôme appuyait sur l'épais bouton pause du walkman qui ressemblait à un jouet pour enfant, puis il reprenait à l'endroit où il avait interrompu la lecture, s'amusait parfois à rembobiner la bande. Ce soir-là il avait fermé la station-service en écoutant *Nebraska* en intégralité, compté la caisse, fermé le tunnel de lavage, cadenassé la grille. Il avait laissé derrière lui les néons de la station-service, la musique se mariait parfaitement à ce décor désolé aux confins de la ville. Ce soir-là, Jérôme retrouvait toutes ces mélodies oubliées, et cette noirceur qui avait rongé le père.

Quelques semaines avant de partir en Amérique, Jérôme avait fait un enregistrement mp3 de la cassette. Il tenait à conserver les moments où la bande patine, le crépitement nerveux à la fin de chaque face. Comme si la cassette avait enregistré le passage du temps, le vieillissement de son père, ses gestes inlassablement répétés : dès que la musique s'arrêtait, tandis que la bande tournait toujours, le père éjectait la cassette, sans délicatesse, pour écouter l'autre face, aussi vite que possible interrompre le silence. Le crépitement, Jérôme en est certain, ce sont les mains nerveuses de son père qui s'acharnent sur l'autoradio. L'enregistrement mp3 avait arrêté le temps comme si la bande maintenant ne pouvait plus vieillir.

Quand Jérôme se réveille, le dur ciel bleu a repoussé la nuit. Il a dormi avec ses écouteurs qui ne diffusent plus rien maintenant qu'un filet de silence. Il a encore en tête des bribes de paroles d'une des dernières chansons.

I told her my story and who I'd come for
She said « I'm sorry son but no one by that name lives here anymore »
My father's house shines hard and bright
It stands like a beacon calling me in the night

Une femme avec des tresses plaquées et un t-shirt de Tupac où Jérôme peut lire *They got money for war but can't feed the poor* s'approche et lui dit qu'elle a hésité à lui retirer les écouteurs pendant qu'il dormait, elle a eu peur que l'harmonica lui fende les tympans. Jérôme lui sourit, lui assure que tout va bien. Elle rit fort, *Oh I know*, dit-elle, *you were dreaming like a kid. Like : you went back in time.*

Voyager, Jérôme ne sait pas. Ou plutôt il excelle, car toutes les routes droites du monde lui rappellent la route droite de son enfance. Celle qui longe la ligne du California Zephyr à travers les plaines du Nebraska le transporte sur la route de la grève qui mène à Grande-Fin. Tronçon bref de sept kilomètres exactement, La seule vraie route du coin, disait le père, la seule route où tu peux mettre la cinquième, il suffit de tenir le volant et sur sept kilomètres tu as le temps de regarder le paysage. Une petite Amérique. Et c'est vrai que le soir, quand des nuages lourds recouvrent la plaine, sur sept kilomètres entre les arbres et le lac, on pourrait se croire en Amérique.

Longtemps, Jérôme a soupçonné son père de rentrer à la pause de midi pour le seul plaisir de prendre la route de la grève quatre fois en une journée, soit quarante minutes, la durée de l'album *Nebraska*. Jérôme le sait parce que le soir, en franchissant le seuil de l'appartement, le père sifflotait toujours *Reason to believe*, la dernière chanson de l'album, essayant de reproduire un son d'harmonica par de légères vibrations du bout des lèvres. Il y avait au moins trois itinéraires différents pour rejoindre Grande-Fin, mais le père empruntait toujours le même, que ce soit pour se rendre à l'Imprimerie, pour sortir faire un tour ou pour aller faire les courses, il prenait toujours la route de la grève. Suzanne, Jérôme et Julie avaient toujours trouvé cette route monotone, moins rapide que les autres, plus dangereuse parce que les gens dépassent n'importe où. Quand on lui demandait pourquoi cette route, il répondait, un sourire en coin, J'aime faire la grève.

En réalité, le père n'avait jamais vraiment fait grève, si ce n'est un débrayage d'une heure lorsque la direction de l'Imprimerie avait imaginé qu'une diminution des primes de fin d'année passerait inaperçue. Il y avait eu un grand silence dans l'atelier, avait raconté le père, et durant cette heure, qu'est-ce qu'il a pu les envier, ceux qui toute leur vie travaillent dans le calme. Il n'aurait jamais cessé le travail de sa propre initiative, il l'a fait parce que ses collègues avaient dit qu'ils tourneraient le bouton sur off ; d'abord il s'était senti coupable, honteux de suivre le mouvement, d'être là sans travailler, de détenir un pouvoir qu'il n'avait jamais eu de toute sa vie, mais quand il avait vu la tête du patron alerté par le silence des machines, quand il avait compris que la prime resterait inchangée il s'était dit que ça valait la peine. C'était grisant de décider. Cette histoire il l'avait racontée bien des années plus tard à Julie et à Jérôme, ses yeux brillaient et ses joues rougissaient comme lorsqu'il leur racontait des conneries faites à l'adolescence et qu'il leur disait de ne surtout pas faire comme lui.

Son travail, il l'aimait. Non pas tellement le travail en soi qui assourdit et qui fatigue, mais le résultat, l'œuvre finie comme il disait. Imprimer le journal que les gens porteront sous le bras. Imprimer le journal que les gens, sur un banc ou au café, tiennent grand ouvert pour s'y plonger. Imprimer le journal pour faire honneur aux couleurs. Imprimer le journal que lui-même lira au réfectoire de la pause. Se dire que sans son travail à lui, sans ses réglages des encriers et du blanchet, sans ses innombrables allers et retours le long de la rotative, des milliers de personnes n'auraient pas accès aux informations.

Un soir où Julie et Jérôme lui posent des questions sur son métier il les emmène à l'Imprimerie. Ses collègues s'activent pour le tous-ménages du lendemain. Comme il ne supporte pas de regarder les autres travailler, il enfile ses habits de travail, le pull violet de l'équipe de baseball des Rockies du Colorado, Ça colore l'Imprimerie, dit-il, et ça lui rappelle qu'il travaille pour qu'un jour il puisse y retourner. À la sortie de la machine il aide ses collègues à faire des piles tout en expliquant à ses enfants la fabrication du journal. Jérôme ne comprend pas très bien la différence entre typographie et offset, ni la nuance entre bleu et cyan, rouge et magenta, il écoute à moitié car il y a, entreposées là-bas à l'autre bout du local, des bobines de papier plus hautes que lui. Elles pourraient se mettre à rouler et l'écraser. Quatorze kilomètres de papier par bobine, lui dit son père qui voit où Jérôme regarde. Quatorze kilomètres, réalise Jérôme tandis que de l'autre côté de la vitre une voiture dépasse le train, c'est un aller-retour sur la route de la grève.

L'horizon recule. Jérôme aime regarder en arrière par la lucarne du dernier wagon. La lenteur des trains Amtrak laisse le temps d'observer ce qui reste derrière. Le train quitte le Nebraska et entre dans le Colorado sans que rien ne change, les rails continuent de fendre l'étendue, les traverses forment une immense échelle, l'échelle du continent.

Jérôme a encore quelques flashs de la nuit, un ou deux panneaux avec le nom des villes traversées dans le noir – Holdrege, McCook –, le coup de frein sec chaque fois que le train s'arrête en gare pour immobiliser la longue file de wagons l'avait réveillé quelques fois. Ce matin, il est parmi les premiers à se réveiller, à remettre en branle la vie sociale du train, *Hi! Hope you slept well.* Des passagers s'étirent, se lèvent de leur siège avec leur trousse de toilette, font les cent pas en se brossant les dents, ceux qui ont une cabine en sortent avec une serviette de douche sur l'épaule, trainent leurs savates dans le corridor, d'autres ont emporté avec eux leur peignoir.

À Grande-Fin aussi, Jérôme est souvent le premier debout. Une fois qu'il a goûté au bonheur d'avoir la télé pour lui tout seul, il se réveille de plus en plus tôt, ce qui lui laisse toujours plus de temps avant le début de l'épisode de Dragon Ball Z. Chaque samedi il grignote du temps sur la matinée, si bien que pour s'occuper en attendant Dragon Ball, il regarde un film. Un film en particulier. D'abord c'est son emplacement parmi les VHS qu'il n'a pas le droit de regarder qui l'intrigue, puis l'image – le nez d'une voiture menaçante –, puis le titre *Christine* – le deuxième prénom de sa mère – et enfin le film lui-même, la musique, les sons métalliques, les images qui cognent et qui restent, la lumière. D'abord la naissance de Christine qui avance lentement sur une chaîne de montage dans une usine de Détroit, les horloges et les sonneries qui dictent le rythme des travailleurs, l'ouvrier qui se blesse comme son père autrefois qui a toujours gardé cette cicatrice sur la moitié de l'avant-bras suite à un accident à l'Imprimerie. Parce que la voiture tueuse s'appelle un peu comme sa mère, son propriétaire Arnie Cunningham qui en est amoureux dans le film lui fait penser à son père : sa façon de prendre soin de sa voiture, de lui parler et de la regarder, sa colère noire, rentrée. Comme Jérôme n'a pas de photo de son père à dix-huit ans, il calque cette image de Cunningham à la place. Ces samedis matin sombres, quand dehors c'est novembre, la grisaille, ciel figé, Jérôme comprend qui est son père. Un homme passionné de voitures, prêt à tout pour la sienne, capable de frapper celui (et non pas celle, le père, comme il dit, ne lèverait jamais la main sur une femme) celui qui la rayerait. Durant quelques mois Jérôme baigne dans cette croyance qu'un film peut nous apprendre qui sont nos parents. Un matin où il a oublié que son père travaillait de nuit à l'Imprimerie, Jérôme se fait surprendre au salon en train de regarder *Christine*. Qu'est-ce que tu regardes ? dit le père en entrant dans le salon, se dirigeant vers son fils, se penchant maintenant vers lui pour l'embrasser sur le front. Jérôme n'avait pas eu le temps de sortir sa botte secrète, zapper en urgence sur TF1 pour faire croire qu'il regardait un dessin animé, il pensait qu'il se ferait punir pour avoir regardé un film réservé aux plus de 16 ans, pourtant aujourd'hui il s'en souvient comme d'un moment charnière de son enfance : le père ne lui dit pas de retourner se coucher ni d'arrêter le film, ne cherche pas à savoir pourquoi son fils est déjà debout à cette heure, non, il veut savoir ce que Jérôme regarde, ça l'intéresse, et Jérôme pense précisément cela, Mon père s'intéresse à moi. Le père pose ses clés sur la table, son porte-monnaie, retire la cagoule qu'il porte habituellement sous son casque de moto pour se protéger du froid, tout de suite il paraît moins grand, moins imposant. Quelqu'un de bien. L'inverse de Cunningham.

Christine, dit-il en saisissant la boîte de la VHS. Comme ta mère.

Ce film, le père ne l'avait jamais regardé, se souvient vaguement l'avoir acheté d'occasion à cause du titre. Il n'est pas encore assis sur le canapé à côté de son fils que le film l'a déjà happé – c'est la scène où des ennemis de Cunningham s'en prennent à Christine, lui montent dessus, la passent à tabac et la saccagent : capot, vitres, banquette, rétroviseurs, tout y passe. À cet instant, Jérôme et Daniel sont à égalité : l'un a beau avoir la quarantaine passée et l'autre dix ans à peine, les images qui se succèdent à l'écran les magnétisent tous les deux. Ce jour-là Jérôme voit dans les yeux de son père le regard d'un enfant, il le voit peut-être comme son père le voit.

La scène suivante, Cunningham découvre que sa voiture a été fracassée à la masse, les sièges éventrés avec un canif. Il parle à sa voiture comme il est incapable de parler à sa petite amie, il la réconforte, lui dit que tout va rentrer dans l'ordre, il aimerait la prendre dans ses bras. La voiture réagit, le moteur cassé dans le plan précédent se répare tout seul. Alors Cunningham s'écarte et dit à Christine, *Show me*. Les phares s'allument. Et comme les animaux à qui les membres amputés repoussent, la carrosserie de Christine se reforme, les pneus se regonflent, le pare-chocs se redresse et se réaligne de lui-même. Le père dit, Remets en arrière. En rembobinant, c'est drôle, c'est étonnant, magique, on peut voir la carrosserie non pas se redresser mais s'enfoncer comme si on la détruisait à nouveau. Le père est resté encore un moment, jusqu'à la scène de l'explosion de la station-service où Christine, en feu, continue tranquillement sur une longue route droite. Le père a essayé de trouver le modèle de la voiture comme on cherche un mot qu'on a sur le bout de la langue. Il l'avait, savait qu'il l'avait. Puis, trop fatigué il est allé se coucher, disant, Attention quand même avec les films violents. Jérôme a rembobiné plusieurs fois la scène où la carrosserie se déforme ou se reforme selon qu'on regarde le film en avant ou en arrière.

Posté à l'arrière du train, Jérôme se demande si de telles images – la voiture incassable, la voiture inarrêtable, la route droite, les flammes la nuit – ont accompagné son père lors de sa fuite. La vitre est sale. Le train a repris de la vitesse. À gauche et à droite, il peut voir des arbres fuser en arrière, de temps en temps une station-service, un *trailer park* finissent aspiré par le point de fuite au bout de l'horizon. Bientôt ce sera Denver, la moitié du voyage, le concert de Bruce Springsteen. Il a traversé l'Atlantique et une bonne partie du continent pour ça, trois heures de show et un souvenir impérissable de son père.

À l'approche du grand mur des Rocheuses, les Grandes Plaines se terminent, quelque chose finit, dans le train l'excitation monte. Les voyageurs et les voyageuses convergent vers le wagon panoramique, remontent le train à toute vitesse, slaloment entre les sacs qui traînent au milieu du passage, évitent les pieds fatigués qui dépassent des sièges de celles et ceux qui dorment encore. À six heures en été la lumière est rasante, une lueur orangée se dépose sur les perles de rosée. Le froid de la climatisation et les couleurs donnent une illusion d'octobre. Jérôme a rencontré Andrew et Joshua en buvant son café ce matin, deux Amish de l'avant-dernier wagon qui vont dans l'Utah. Il en est à leur raconter les dysfonctionnements de la Suisse, l'assurance-maladie, l'extrême-droite, les trois planètes consommées chaque année lorsqu'il voit arriver un couple se jeter sur les deux derniers sièges restants. Elle porte des baskets ON, lui une casquette Raiffeisen, parlent un français proche du sien. Quand Jérôme évoque ce *little rich country in the middle of Europe*, le couple se redresse, un bref instant ils cessent de prendre des photos. Les deux se regardent, ce type parle d'eux, de leur pays, ont l'air de se sentir concernés, au moins aussi responsables que lui de ce qui se dit de leur patrie à l'étranger.

Sorry to interrupt, so sorry, but we heard that you are talking about Switzerland.

I do, dit Jérôme. Son pressentiment était le bon. À en juger par leur facilité à entrer en discussion, Jérôme juge qu'ils voyagent depuis un certain temps.

My name is Caroline, his name is Laurent. Laurent confirme qu'il s'appelle Laurent, il tend une main à Andrew et Joshua, à Jérôme. Caroline et Laurent ne font pas d'histoires, emmènent immédiatement la conversation à l'endroit qu'ils jugent nécessaire, trouvent formidable d'être amish, formidable le mode de vie amish, bientôt nous devrons vivre comme vous si nous voulons que nos enfants survivent. Laurent plussoie, l'autre jour en faisant la lessive il s'est rendu compte du nombre de litres d'eau qu'ils gaspillaient dans l'unique but de porter des habits propres. Joshua soupire, il les voit venir, demande à Laurent s'il voudrait vivre dans des habits sales, et Andrew leur fait remarquer que toutes les familles amish qu'il connaît possèdent une machine à laver.

Oui mais tout de même, Caroline et Laurent trouvent formidable qu'eux et les Amish aient les mêmes origines suisses, le monde est si petit. Caroline précise : sa grand-mère vient du canton de Berne, et les parents de Laurent viennent eux aussi du canton de Berne, et on a lu un livre sur Jakob Amman, vous connaissez Jakob Amman, vous ne connaissez pas, peu importe, Jakob Amman est à l'origine du mouvement amish, eh bien Jakob Amman vient lui aussi du canton de Berne. Andrew et Joshua commencent à s'impatienter, ils essaient de reprendre leur conversation avec Jérôme là où ils l'avaient laissée, mais Caroline a inscrit un nouveau centre à la discussion. Comme elle les voit qui s'apprêtent à quitter leur siège pour retourner vers le reste de la famille, Caroline essaie tant bien que mal de changer de sujet, opère sur son siège une rotation de quarante-cinq degrés, fait face maintenant à Jérôme, elle le regarde bien droit dans les yeux. Et Jérôme alors, Jérôme c'est quoi ses racines ? *Roots, such a nice word, roots*, dit-elle en maintenant un contact visuel d'enseignante avec Andrew, avec Joshua, avec Jérôme qui réfléchit. Andrew et Joshua lèvent chacun un sourcil. Jérôme décroise les jambes puis les recroise, On ne naît pas avec des racines mais avec des pieds. Il traduit pour Andrew et Joshua, *We aren't born with roots, we are born with feet. A swiss writer wrote that.* Joshua et Andrew trouvent que c'est une belle phrase. Ils la méditent en regardant par la fenêtre.

Ce genre de réponses, à Caroline, on ne la lui fait pas. Les humains finissent souvent, les humains finissent toujours, insiste-t-elle, par revenir sur leurs terres. Il faut être fier de l'endroit où l'on naît. Jérôme laisse dire, pour ne pas paraître trop rude, il ne lui dit pas que tout le monde ne possède pas de terres, que bon nombre de personnes n'attendent qu'une chose au cours de leur enfance, parfois au cours de toute leur vie : se barrer. Il ne dit pas non plus qu'en Suisse, trois mille personnes disparaissent volontairement chaque année pour ne jamais revenir.

Pas d'enfants ?, ont dit en même temps Laurent et Caroline et ils se sont regardés l'un l'autre, se sont souris, leurs yeux se sont mis à briller, une ride est née au coin de ses lèvres à elle quand les lignes sur son front à lui ont disparu. Jérôme connaît ce sourire des gens en couple qui veut dire « on pense à la même chose au même moment », qui veut dire « tu commences ou je commence ? » qui veut dire encore « partageons notre formidable expérience avec lui », ce sourire qui doit leur rappeler qu'ils ont la même vision du couple et de l'amour, ce sourire qui les rassure, les soulage, ce sourire qui est la confirmation pour lui comme pour elle que ce n'était pas du vent, les enfants qu'ils avaient voulus ensemble, qu'ils ont eus, les enfants qu'ils avaient mûrement réfléchis avant de les concevoir ensemble, la confirmation que c'était un vrai projet pour lui comme pour elle, un projet pour lequel ils n'avaient voulu et n'avaient donné que le meilleur. Ces enfants à qui Laurent et Caroline ont transmis des valeurs qui leur sont chères.

Pas d'enfants ?, répète maintenant Caroline, estomaquée, continuant d'interroger Jérôme du regard pour qui le temps s'est tout à coup solidifié comme une lourde pâte. Tout sauf le sujet des enfants, se dit-il. Peut-être a-t-elle remarqué sur le visage de Jérôme un infime mouvement de la mâchoire, car au moment où Laurent s'apprête à enfoncer le clou, prêt à demander une fois encore, Pas d'enfants ?, Caroline l'implore de ne pas couper la parole à Jérôme, Laurent je t'en prie laisse-le finir, dit-elle sans regarder son mari, trois tapotements du bout des doigts sur son avant-bras à lui pour le faire taire suffisent. Jérôme toujours pas décidé à se justifier, Caroline reprend, C'est parce que tu ne sais pas ce que c'est que d'avoir des enfants. Sais-tu seulement ce que c'est que les enfants, le matin quand les pires nouvelles du monde déferlent à la radio, sais-tu seulement, le soir quand tu es épuisé et que tu veux tout quitter, les enfants leur sourire leur joie leur amour et Laurent pourra te le confirmer, hein Laurent tu pourras lui dire ça, combien de fois les sourires des enfants nous ont-ils sauvés, les enfants nous sauvent tous les jours. Les enfants, Caroline et Laurent les ont laissés en Suisse, deux semaines chez sa sœur à lui, deux semaines chez ses parents à elle, deux semaines chez son frère à elle, on a une famille incroyablement généreuse, très soudée.

Après Caroline c'est au tour de Laurent, tandis que Jérôme n'a toujours rien dit pour sa défense, de répéter Pas d'enfants ? Laurent respire le bout de ses doigts, se pince le bout du nez, nerveux – réfléchissant encore à ce qui suivrait. Jérôme voit bien qu'il ne réfléchit pas, ni lui ni elle d'ailleurs. Cette discussion, ils l'ont probablement eue des dizaines de fois au cours de leur traversée et ont fini par affiner leur discours, en randonnée dans les Smoky Mountains, sur un rafiot dans les Everglades, les pieds dans l'eau de la Shenendoah River, à Chicago en train de savourer une glace dans Millenium Park avec d'autres trentenaires, ils ont eu le temps d'aiguiser leurs arguments. Aujourd'hui Caroline et Laurent éprouvent un certaine joie à répéter une fois encore ce qu'ils ont dit à d'autres et ce que d'autres leur ont dit, agglomérant à leur discours ce qu'ils ont récolté au gré des rencontres. Donc Laurent, ses doigts masquant toujours son nez et sa bouche, Pas d'enfants. Et cette fois ce n'est plus une question, simplement un constat qui l'atterre, il aimerait pouvoir faire quelque chose pour Jérôme. Tu n'as pas peur de…, et de nouveau il marque un temps, soulignant qu'il va peut-être paraître paternaliste mais tant pis. Tu n'as pas peur de... de mourir seul, de ne pas laisser de traces… Tu n'as pas peur que personne ne se souvienne de toi ?

Mettre terme à cette discussion qui ne mène nulle part. Enfin Jérôme parle, J'ai retourné le problème dans tous les sens, j'y ai réfléchi à différents moments de ma vie, et avoir des enfants serait une grosse erreur. Il vient tout juste de commencer, s'est installé dans son rythme, sa phrase, il est prêt à continuer, à refaire pour eux tout le cheminement, pourquoi quand comment, que Caroline a déjà repris la main, Ah, dit-elle, l'écologie, avec ce ton où transparaît autant de compréhension que de dédain.

Ce n'est pas une question d'écologie, dit Jérôme, mais Caroline n'écoute pas. Avec Laurent ils avaient eu des questionnements auxquels ils avaient définitivement apporté des réponses définitives. Nous aussi, on s'est posé la question. Puis, C'est un vrai processus, qui prend du temps.

Laurent et moi sommes aussi passés par là, n'est-ce pas Laurent. Il faut se poser les bonnes questions, c'est important, mais en pesant le pour et le contre, en faisant une vraie pesée d'intérêts indépendamment de ce qu'allaient dire nos amis, il est apparu, dans une perspective de durabilité, que le projet d'avoir nos enfants serait certainement plus durable que de ne pas en avoir du tout et de laisser la place – pardon de le dire – à des enfants de ploucs dont le bilan carbone ne serait compensé par personne d'autre.

Des enfants de ploucs ?

Oui de ploucs.

C'est quoi des enfants de ploucs ?

C'est quoi un plouc, réfléchit Caroline à haute voix, un plouc je dirais que c'est quelqu'un qui ne se pose pas de question, qui va au travail en voiture, qui part en vacances en voiture, qui va faire ses courses en voiture en France parce que c'est pas cher et qui remplit son coffre de viande et qui ne fait pas vivre les commerçants locaux. Un plouc c'est quelqu'un qui a jamais remis en question sa façon de vivre et qui ne supporte pas quand on lui demande de faire autrement. J'ai rien contre, je dis simplement que si tout le monde vivait de cette manière il y a longtemps qu'on serait tous morts. Le problème est que le plus souvent, leurs enfants adoptent les mêmes comportements.

Jérôme ne dit rien. Il sait ce qu'elle répondrait s'il lui disait qu'il reconnaît quelques traits de sa famille dans sa définition du mot *plouc*, Non mais toi c'est différent, Wouah un père imprimeur mais c'est un métier en voie de disparition ça, Non mais plouc tu vois ce que je veux dire, Ok plouc le mot est un peu fort. Et c'est effectivement ce qui arrive quand Jérôme lui raconte ses *roots*, Grande-Fin, l'Imprimerie, les centaines de milliers de kilomètres au compteurs de la Seat, les courses à Pontarlier chaque mois, les vacances dans le Sud de la France, l'avant-dernière ligne tellement importante sur les tickets de caisse « Vous avez économisé CHF 5,45.- », les quatre billets d'avion pour Kos en 1996 et les quatre billets d'avion pour Djerba en 1997 parce que les années avaient été bonnes et qu'il y avait eu des bonnes offres.

Et maintenant le regard que s'échangent Caroline et Laurent, Jérôme le connaît, ce regard flottant, embarrassé qui veut dire, On y est peut-être allés un peu fort, On s'est peut-être mal exprimés, En principe on est toujours d'accord avec tout le monde.

We didn't understand a fucking word, ont dit Joshua et Andrew en se levant, *but it sounds very interesting. You talk a lot of politics in Switzerland, don't you ? Nice to meet you guys.*

Jérôme soupire, regarde par la fenêtre.

Le train traverse des étendues brunes, étrillées. D'abord on croit à des champs de tourbe ou des champs fraîchement hersés en vue d'une prochaine semaison. Un peu d'herbe verte pousse bien loin au-delà, rare, en dehors de ces espaces délimités par des barrières métalliques. Quelques vaches d'abord apparaissent. Et toujours ces longues barrières métalliques parallèles aux voies, parallèles à l'horizon, parallèles aux lignes électriques et aux routes, et de plus en plus de bêtes et toujours cette terre morte piétinée par des milliers de bovins toujours absents du paysage. Et alors, sachant exactement ce qui se présenterait bientôt de l'autre côté de la fenêtre, Laurent et Caroline ferment longuement les yeux, se préparant à cette vision funèbre. Une marée de bœufs, si proches les uns des autres, collés, faisant corps malgré eux. Certaines bêtes parviennent à garder la tête haute, hors de la mêlée, cherchent le ciel. Laurent prend une profonde inspiration, Caroline place ses deux mains de part et d'autre de son visage, masquant sa bouche grande ouverte, sous le choc. Jérôme revoit les impressionnantes statues en bronze des pionniers et de leur bétail disséminées dans les rues d'Omaha, frappées de soleil. Ressurgissent alors les images de documentaires montrant des bêtes en stabulation tenant à peine en équilibre sur leurs pattes, leur pelage de bronze se superposant, se confondant avec leurs excréments.

Dans le wagon panoramique, la honte sourd.

J'aurais trop peur de les abandonner.

Et Caroline et Laurent n'ont rien dit, incapables de prononcer le moindre mot, et n'ont sans doute même pas entendu Jérôme poursuivre :

Les enfants. J'aurais trop peur de les abandonner.

Et le train continue de traverser des champs de merde.

2019 - II

Arriver à Denver, c'est arriver au bout de quelque chose, aux confins d'un pays connu, c'est la fin des Grandes Plaines, le début de l'Ouest. Les nuages filent vite, sans cesse renouvellent le ciel. Bien avant d'entrer dans la ville, à hauteur de Commerce City, avec au loin les Rocheuses en point de mire, le train décélère, tenu en respect par les énormes formations géologiques, puis traverse des espaces incertains. Derrière de longues palissades en bois défoncées, des maisons fragiles, inachevées – on voudrait qu'elles soient inhabitées –, qui succèdent à des parcs de mobiles-home, et tout cela tremble au passage des trains de marchandises et des milliers de voitures avalées ou rejetées par Denver. La couleur du gazon – jaune, brun – où jouent des enfants dit bien quelle population vit ici. Parfois une bâche remplace un carreau brisé, puis les tuyaux tortueux d'une raffinerie accompagnent le train sur des centaines et des centaines de mètres, puis une centrale à gaz, puis un cimetière de bagnoles qui fait place à un cimetière d'humains, et peu à peu, alors que le train s'approche de la gare, les pelouses deviennent vertes, et le train traverse la Platte River et sur la gauche, juste avant d'entrer en gare, Jérôme reconnaît le logo des Rockies du Colorado qui orne le stade de baseball.

Jérôme a eu une impression de déjà-vu quand, posant le pied sur le quai éblouissant à cause de la lumière piquante du matin, il a levé les yeux vers le panneau de la gare portant bien haut le nom de la ville, six lettres blanches découpées sur fond bleu. Denver, enfin. Le milieu du voyage exactement, le but. La ville qui aimante tout le reste. Il y resterait une dizaine de jours – en dix jours on a déjà un peu le temps de s'installer avait pensé Jérôme, de sortir de sa condition de touriste, on a le temps de faire vivre une chambre, de sortir les habits de la valise pour les ranger dans l'armoire, on a le temps de retourner deux ou trois fois dans le même café et d'y prendre ses petites habitudes, le temps de sentir la ville, sa texture, comprendre comment elle réagit à notre propre présence, comment elle nous fatigue, nous porte, nous transforme.

Jérôme a attendu une heure à la gare. Monica avait du retard alors il s'est assis, les anciens bancs de la salle d'attente fraîchement repeints collent derrière ses cuisses, l'air est frais, il observe les voyageurs un moment, les départs, les arrivées, les autres qui attendent. Il ouvre son carnet, note sur une nouvelle page,

des kilomètres d'élevage
parlé avec des Suisses, avoir ou pas des enfants
Joshua et Andrew ont une machine à laver
God bless the American flag écrit sur un immense panneau au milieu des plaines arides
une femme descendue du train à Fort Morgan avec quantité de cadeaux, regroupe Noël, la fête des mères et les anniversaires sur un week-end

Puis ne voyant toujours pas Monica arriver, il est allé chercher un endroit où manger. Dehors le soleil est violent, midi approche, la faim et la soif le creusent de l'intérieur. Pas d'ombre à cette heure et sa fringale l'empêche de prendre une décision, il passe devant d'innombrables restaurants et brasseries où il pourrait se réfugier au frais, où des carafes d'eau dégoulinent sur les tables mais Jérôme marche, continue de marcher, un pied devant l'autre sans s'en rendre compte alors qu'il n'a bientôt plus de force, et les roues de la valise sur les dalles qui impriment la cadence tacatacataca, de part et d'autre de la rue des bâtiments avec des briques rouges qui semblent avaler le soleil depuis des siècles, et sur sa nuque ce même soleil qui pèse et lui grignote la peau, et son sac qui à chaque pas vient se coller à la transpiration de son dos, et putain se dit-il qu'est-ce qu'elle fout Monica, il lui en voudrait presque comme à une sœur.

Les jours d'avant il s'était réjoui de la revoir après tant d'années, les deux s'étaient écrit des messages pour organiser le lieu et l'heure de rendez-vous, se parlaient pour la première fois depuis longtemps mais c'était comme si le contact n'avait jamais été coupé. L'année qu'avait passée Monica à l'Université de Lausanne était loin maintenant, et la revoir aujourd'hui, trois ans plus tard, l'avait rempli d'une joie sincère. Réactiver une relation d'antan comme on remet en état un terrain en friche après un long hiver. Pourtant sous un tel soleil après une nuit de voyage, la joie des retrouvailles s'est dissipée. Il a juste besoin qu'on vienne le sauver de cette chaleur. Sur Broadway, quand il sent qu'il ne peut plus continuer, il s'arrête dans un café, commande un litre de coca, un litre d'eau et il boit l'un et l'autre alternativement, le sucre se mélangeant à l'eau et l'eau fraîche dans sa bouche enrobe le goût de sandwich à la dinde. Affalé sur sa chaise, repu, lessivé, Jérôme écrit un message à Monica, *Waitin' at the History Colorado Center. Can't wait to see you,* et elle répond dans la seconde, *So sorry that you have to wait. I'll pick you there. Museum is nice.*

Comme à Chicago, comme à Omaha, le musée est un lieu ambivalent, on se souvient en s'amusant. Un vrai spectacle. Parmi les visiteurs, des enfants avec des chapeaux de cow-boys se pourchassent en brandissant des flingues en plastique, utilisent les bisons empaillés comme décor, le vieux wagon de l'Union Pacific comme cachette. Dans une cahute en bois exiguë où il est possible de revivre une tempête de poussière des années 30, Jérôme prend la dernière place libre aux côtés d'une famille du Dakota dont les ancêtres apparemment ont eux aussi connu les fameuses tempêtes de poussière. Pour le père de famille, cette immersion tient de la quête initiatique. Sa femme pose une main attendrie sur son genou, lui se frotte les yeux, ému, en communion avec ses ancêtres. Pourtant la catastrophe écologique et sociale du Dust Bowl, reconstituée dans cette fausse cabane où il fait un noir artificiel, une obscurité de hammam, avec ces sons enregistrés et le tremblement factice des parois, avec les enfants qui surjouent la peur et les parents qui surjouent l'émotion, tout cela ressemble à un mauvais film, et peut-être est-ce le problème de Jérôme de regarder le monde comme si celui-ci devait toujours entrer dans le cadre d'un écran de cinéma.

La phrase de Roosevelt, à la fin de l'animation, que Jérôme lit et relit tandis que le père de famille du Dakota essaie de l'expliquer à ses enfants, la phrase, elle, est réellement effrayante, *A nation that destroys its soils destroys itself.* Comme si ce pays, se dit Jérôme, n'avait fait que cela depuis toujours, détruire son propre sol et tout ce qui y était né.

Détruire d'abord, puis ouvrir des musées.

Quand il sort de la cabane, le musée semble s'être entièrement vidé, comme si des heures, des années, des siècles avaient passé. Il poursuit sa visite, monte d'un étage, se retrouve parmi d'innombrables objets des tribus Utes et Arapahos. Des habits, des bols, des chaussures qui semblent n'appartenir à personne, des paniers tissés, une calebasse, un récipient, une cruche, une hotte, un pot. Puis Jérôme s'arrête devant un écran avec une infographie où sont représentés le Nebraska, le Colorado, l'Utah, le Wyoming, le Nouveaux-Mexique, l'Arizona, le Kansas et le Texas. C'est calme, silencieux. À part lui personne. Sur l'écran une grande zone bleue qui s'étend sur plusieurs de ces états diminue à mesure que les années défilent au bord de l'écran, de 1849 à aujourd'hui. Son visage se colore avec plus ou moins d'intensité, selon l'animation sur l'écran. La zone bleue dit la présence des Utes dans la région. D'abord elle a une forme arrondie. En moins de vingt ans, il n'en reste qu'un quart, devient aussi rectangulaire qu'un enclos, continue de diminuer jusqu'à ce qu'il ne reste plus qu'une minuscule bande bleue au sud du Colorado et une petite zone dans l'Utah. L'animation tourne en boucle avec le titre qui revient *Shrinking Ute Homelands* et une phrase d'Alden Naranjo, *We lost Colorado in less than 40 years*, et la zone bleue qui rétrécit comme un lac qu'on assèche.

Bang Bang! Jérôme sursaute, *Bang Bang!* Un gosse lui rentre dans les jambes, lève la tête, effrayé par la grande taille de Jérôme, ses grandes baskets, ses shorts longs. Plusieurs fois il regarde les pieds puis les yeux de Jérôme, ferme presque un œil pour tenter de mieux mesurer qui il a en face de lui, est-il plus grand que son père, que sa mère. Le gosse finit par monter le canon de son flingue, il vise Jérôme. Et Jérôme fait non de la tête, sur la face du garçon naît un large sourire de bandit ; par défi il presse légèrement sur la détente, le chien se lève lentement, prêt à percuter l'arrière du canon, et Jérôme insiste, *No.* Pas un bruit dans le musée sinon la climatisation et les paroles étouffées qui tournent en boucle dans les casques audio fixés à côté des vitrines d'exposition. Maintenant le gosse commence à avoir les yeux qui brillent, bientôt ce sera des larmes, elles poussent derrière les yeux, ses paupières tremblent, le sourire a disparu, sa bouche forme un croissant concave. Du bout des lèvres, tandis que le chien est toujours dressé, en lévitation, Jérôme : *Don't.* Le temps est suspendu, deux, trois secondes. Et l'enfant disparaît, on entend plus que ses petites jambes qui couratent dans les salles obscures du musée et au loin les sanglots du gosse cherchant à se réfugier dans les jupes de sa mère. Sur l'écran, l'apparition et la disparition des Utes se répète sans fin.

Jérôme allongé regarde le plafond au-dessus du lit. Des fissures le lézardent, la peinture des murs se décolle dans les coins. Enfant, dans le lit avec sa sœur, ils essayaient de suivre du doigt les craquelures au plafond, un vaste pays, leur donnaient des noms, trouvaient des affluents, des connexions entre elles. Pointant les fentes au plafond, sa sœur jouait à lui faire peur disant, Un jour la maison s'effondrera. À intervalles réguliers, quand arrivent les coups durs de la vie, Jérôme entend à nouveau les mots de sa sœur, Un jour la maison s'effondrera. Ça aussi, il faudra qu'il le note dans son carnet, sans savoir si l'effondrement a déjà eu lieu ou s'il est encore à venir. Pour l'instant la chambre que Monica lui met à disposition à Englewood, dans la banlieue sud de Denver, tient bon. Au loin il entend le bruit étouffé des voitures sur la Highway 285, de l'autre côté de la paroi Monica déplace des chaises, range de la vaisselle. Il faudrait sortir de la chambre. Sinon durant le trajet entre le musée et l'appartement de Monica, ils n'ont pas encore eu beaucoup l'occasion de discuter. En arrivant, Jérôme a demandé à voir sa chambre et il s'est effondré sur le lit – la nuit dans le train, la chaleur, l'après-midi au musée l'ont épuisé. Avant qu'il aille se reposer, Monica a parlé d'une soirée dans un bar, des amies à elle qui les rejoindraient. Il espère que les trentenaires du Colorado sont comme les trentenaires suisses, disent d'abord oui avec enthousiasme à une soirée qu'ils finiront par décommander deux heures avant le rendez-vous, préférant rester à la maison, le confort des pantoufles – grosse fatigue, grosse semaine. Dès qu'il entend les vibrations du téléphone de Monica sur la table, l'hypothèse que ce soit le message d'une amie qui annule la soirée devient chaque fois plus probable. Après deux semaines de voyage, il peut dire qu'il aime sa propre compagnie. Ce soir, il préférerait ne rencontrer personne, qu'il y ait juste elle et lui. Avec un peu de chance elle voudra entraîner son français. Il faudrait rembobiner le film, réapprendre à se connaître l'un l'autre, recomposer les épisodes de sa vie depuis qu'elle est retournée vivre dans le Colorado.

Voilà un quart d'heure déjà qu'il s'est réveillé de sa sieste et il ne parvient pas à se lever – dos, mollets et tout l'arrière du corps sont ventousés au lit. Le regard perdu dans le plafond, il tente d'imaginer le visage des amies de Monica sans savoir si ce sont des amies ou des amis. Dans tous les cercles il y a des hommes, se dit-il, des hommes qui parlent plus fort que lui, prennent de la place, choisissent à qui distribuer la parole. Jérôme construit déjà ses phrases pour le moment où on lui demandera ce qu'il est venu faire ici, pourquoi le train, pourquoi seul, pourquoi un mois. Même pour lui maintenant, les raisons qui l'ont fait venir ici sont moins évidentes. Le concert de Springsteen ? Voir Monica ? Comment dire dans une autre langue qu'on est venu chercher le paysage mental de son père. Personne après tout ne pourra le forcer à parler. Se taire en anglais, ça il sait faire.

Il pourrait rester là des heures, ne rien faire d'autre que de regarder le plafond et se dire, continuer à se dire qu'il y est enfin, à Denver, là où son père et sa mère avaient fait leur seul et leur dernier grand voyage avant l'arrivée des enfants, en 1981, quatre ans avant la naissance de Julie. Ça oui, ça il pourra le dire aux amis de Monica, le Colorado a quelque chose de fondateur dans sa famille. S'il y a bien un endroit où son père aurait pu refaire sa vie c'est ici, dans le Colorado. Au-dessus du bureau, comme dans la moitié des chambres de l'État, un fanion des Rockies du Colorado est suspendu. Jérôme ne peut s'empêcher de penser que s'il le croisait par hasard dans les rues de Denver, son père porterait le même pull que le jour de sa disparition, le pull violet des Rockies, son pull de travail à l'Imprimerie, tel qu'il apparaissait sur l'avis de disparition.

Et la barbe de son père, pense Jérôme enfin sorti du lit, passant le bout de ses doigts sur ses joues qu'il n'a pas rasées une seule fois depuis le début du voyage, et sa barbe, existe-t-elle toujours ? A-t-il au moins gardé cela de sa vie d'avant ou l'a-t-il fait disparaître elle aussi, arrivé un soir dans un motel, tout le corps penché au-dessus du lavabo, à torse nu, comme un criminel qui cherche à changer d'apparence ? Et alors, l'imaginant en train de se raser, Jérôme voit le visage de son père s'effacer un peu plus à chaque passage de la lame sur la mousse. Et pour être certain que tout cela est bien réel – qu'il a pu sortir de la sieste, s'extraire du lit, pousser la porte, se traîner jusqu'à la cuisine – et que son visage à lui est bien réel, Jérôme, dans le cadre de la porte maintenant, continue de se gratter la barbe. Il a l'air fatigué. Le jet-lag, lui fait remarquer Monica. Le jet-lag entre le Midwest et l'Ouest est terrible. Hein quoi quel jet-lag ?

Jérôme ne comprend pas, Ah oui l'heure de décalage. Berné, il sourit. Elle l'invite à s'asseoir, lui propose une bière, il refuse et se dirige vers le lavabo mais Monica l'arrête d'un geste de la main, elle s'en occupe. Elle, elle n'y renonce pas, et la voyant se décapsuler une bière à cette heure de l'après-midi, en fin de compte, Jérôme ne dirait pas non.

Do you want a beer or not.

I don't know. I really don't know.

Il y a eu cette première bière et puis tout s'est enchaîné très vite. Le trajet en Uber jusqu'à Denver Downtown, Janet et Alexa qui les ont rejoints dans un bar et c'est maintenant minuit.

Quatre bières quatre shots de whisky atterrissent au coin du bar en cuivre. Le temps passe à une vitesse folle. Le coude à angle droit sur le comptoir, trois billets de vingt coincés entre majeur et index, Jérôme paie une deuxième tournée, laisse de gros pourboires, ne pas s'emmerder avec des pièces qu'il ne dépensera pas. Monica, Janet et Alexa applaudissent, se marrent, Jérôme doit être le seul à sortir des billets pour payer, disent de lui que c'est un Suisse et que les Suisses ont tellement d'argent qu'ils ont besoin de le montrer. À leur tour elles sortent les billets de un dollar qui traînent dans leur porte-monnaie, en prennent une petite liasse dans chaque main, Monica s'est coincée une vapoteuse au coin de la bouche qui traînait sur le bar, l'espace d'un instant son visage disparaît derrière un nuage de fumée, elles se prennent pour Tony Montana, montrent leurs dents et leur pognon, et Jérôme dont le téléphone n'est pas droit les photographie, ça part directement sur Instagram. Cela aussi il faudra qu'il le note dans son carnet, L'Amérique est faite pour aboutir à un bon film. Il se répète cette phrase, persuadé qu'elle n'existe encore nulle part ailleurs, que demain il s'en souviendra, Le monde est fait pour aboutir à un beau film.

Maintenant, il voudrait que la nuit ne finisse pas. Monica, Janet et Alexa basculent la tête en arrière et vident leurs verres, alors Jérôme fait pareil, quand il rebascule la tête en avant il a l'impression que son cerveau vient cogner l'intérieur de son front. Puis les quatre verres de bières s'entrechoquent. À minuit et demi, plus de place pour la bière, Alexa commande un plateau de shots de Jack Daniel's. Après, Jérôme ne se souvient pas bien. Il se souviendra de la longue marche jusqu'à The Church, une église transformée en night club, il se souviendra des lumières se reflétant dans les vitraux.

Au réveil, il reconnaît l'appartement de Monica, le plafond lézardé mais tout tourne, les fissures se déplacent, des étoiles vert et rose apparaissent sitôt qu'il cligne des yeux. Son cœur bat fort, et chaque frappe lui envoie des décharges froides dans la tête. La bouche comme un torrent de montagne asséché. Les souvenirs de la soirée lui reviennent en pièces détachées, les mains dégoulinantes de whisky, le gars qu'il a bousculé et qui a voulu se battre, les trois filles qui le protègent. Après c'est un long bloc de musique électronique, un numéro de danse qui semblait si maîtrisé sur le moment mais qui ce matin lui semble tellement ridicule et le regard perçant de Monica, et les doigts de Monica effleurant les siens, la douceur de ce contact contrastant avec la violence des basses, et Monica qui vient par derrière contre lui et lui qui se déhanche au rythme imprimé par Monica. Leurs deux corps collés l'un à l'autre.

La cuite de la veille aura bientôt passé. Le thé chaud et la bougie au centre de la table aident à retrouver le calme après une nuit brûlante, à remettre la vision et l'estomac à l'endroit. Entre deux morceaux de jazz, les discussions ralentissent, ce qui se dit à un coin de la salle peut être entendu à l'autre bout. Leurs voix sont basses comme celles des autres clients du bar, des voix de dimanche soir.

Et tu penses qu'il a tout quitté pour le Colorado, a demandé Monica. Aucun autre mot dans la bouche de Jérôme pour répondre que, *Hard to explain, Maybe, Just a feeling, I know it doesn't make any sense.* Il continue de réfléchir à haute voix. Ailleurs il ne parvient pas à l'imaginer. C'est certainement lié à des souvenirs, des choses entendues durant ce temps un peu vague, un peu flottant, un peu long de l'enfance, des vacances que ses parents ont passées dans le Colorado quand Julie et lui n'existaient pas encore. Qu'importe. Jérôme balaie les miettes sur la table d'un revers de la main, tire le téléphone de sa poche.

Jérôme fouille parmi les milliers de photos de son téléphone qui glissent sous son index crispé – à force de scroller la structure osseuse semble avoir été remodelée si bien que le doigt ne s'en remet jamais complètement et garde toujours cette forme un peu courbe, un peu tordue d'un doigt de vieille personne – et plusieurs fois par semaine, quand Jérôme cherche une photo dans la mémoire de son téléphone, c'est toute sa vie, sa vie visible, sa vie photographiée et sauvegardée, qui défile devant ses yeux. Toutes ces images Jérôme les connaît par cœur, elles sont comme des étiquettes avec des mots-clés sur des cartons d'archives – un visage, une lumière, une couleur, une date suffit pour que les images se remettent en mouvement, s'assemblent à d'autres images jusqu'à former une séquence animée, un souvenir. Et quand il scrolle ainsi, toujours lui vient la même pensée qu'il faudrait un jour les sauvegarder sans quoi toutes les images disparaîtront, finiront par lui échapper le jour où son téléphone tombera dans les toilettes ou restera oublié sur la table d'un café. Face à la gigantesque mosaïque de sa vie récente, Jérôme se guide aux tons des images, aux formes qu'il reconnaît. Une fois passé les roches grises sur fond bleu, une fois passé la dizaine de photos de forêt et de pâturages d'un vert impossible – la grande randonnée de quatre jours avec Julie en Valais à l'été 2017 –, il sait que c'est là que se trouve le plus beau portrait de son père. La photo d'une photo. Prise lors d'une visite chez sa mère au cours de laquelle il en avait profité pour rouvrir la boîte avec les objets du père. Il avait longuement regardé cette photo dont il avait oublié l'existence. Maintenant, il l'a toujours à portée de main. D'un geste magique – le pouce et l'index s'écartant – son père a été agrandi, tellement agrandi que son visage finit par se dissoudre dans les grains de la trame et les pixels.

My father at my age, when he was 30, dit Jérôme en tendant le téléphone à Monica.

C'est une photo de 1981, le père est appuyé contre la portière d'une voiture de location, une Chevrolet Caprice blanche. On ne voit pas ses mains, dans les poches, ni ses jambes coupées – plan américain –, on devine qu'il les a croisées. Sa tête est légèrement penchée comme s'il ne parvenait plus à la maintenir tout à fait droite depuis le temps maintenant que Suzanne essaie de trouver le cadrage et la lumière, le moment où son sourire sera le plus naturel. Impossible de dire à quoi il pense, impossible de dire où exactement la photo a été prise – Suzanne ne s'en souvient plus mais la bande bleue derrière lui à l'horizon, c'est certain, c'est les Rocheuses. La photo est parfaite tu ne trouves pas, dit Jérôme, et Monica est d'accord, on pourrait voir dans les Rocheuses une étendue d'eau, ta mère aurait dû être photographe. Pour une fois que le père semble heureux, Suzanne avait pourtant dit à Jérôme ne pas se souvenir de ce moment-là. Peut-être ont-ils, avant ou après la prise, déplié une couverture de pique-nique, en bordure de route, pour regarder le soleil fondre derrière les montagnes. Quelles paroles échangées que l'appareil-photo n'a pu enregistrer ? Jérôme sent partout la présence de sa mère ; ce que lui et Monica regardent en ce moment est exactement ce que Suzanne a vu dans l'objectif au moment de dire au père, Souris un peu ! Tourne-toi ! Ouvre les yeux ! C'est autant une photographie du père que de son regard à elle. Ce soir d'août 1981, Julie et Jérôme n'existent que dans les rêves, les projets des futurs parents. Jérôme les imagine chuchoter le soir dans une chambre de motel une fois la lumière éteinte. Ils parlent de Jérôme et de Julie sans les nommer ni les dénombrer, évoquent simplement l'idée d'avoir un jour « des enfants ».

Do you really think that he's happy, dit Monica sans que cela ne ressemble vraiment à une question. Alors Jérôme demande à revoir la photo, Oui oui, *sure absolutely look at him*, il maintient, oui c'est sûr tu ne connais pas mon père mais quand il sourit comme ça avec les trois fossettes dessinées sur la joue gauche, je peux dire qu'il était heureux. Monica dézoome, comme si en replaçant le père de Jérôme dans un décor plus large elle parviendrait à reconstituer ce qui précéda et ce qui suivit. Il a l'air happé par quelque chose d'autre, lui fait remarquer Monica en reprenant une gorgée de bière, quelque chose d'étranger à la scène, regarde il regarde ailleurs ou plutôt il a envie de regarder ailleurs.

Peu de temps après la disparition, sa mère avait utilisé à peu près les mêmes termes pour évoquer le père quand la police lui avait demandé si elle avait remarqué quelque chose d'étrange chez son mari. Suzanne n'avait rien vu venir mais elle avait toujours eu cette impression que Daniel regardait ailleurs depuis longtemps. Non pas qu'il regardait d'autres femmes, simplement il regardait ailleurs, tout le temps, en promenade son regard se perdait loin à l'horizon, au-delà des chemins et des routes, s'accrochait en haut des arbres, au fond des vallées.

Trois jours plus tard, le corps s'est adapté à la chaleur et aux 1'600 mètres d'altitude. Chez Monica Jérôme se sent chez lui, au moins un peu lorsqu'il entrevoit au loin un bout de montagne, un pan de neige éternelle. Ici la vie est douce, Monica lui rappelle parfois sa grande sœur, elle le guide. Les deux savent ce temps limité et n'en perdent pas une minute. Sa semaine, Monica l'a organisée autour des dates d'arrivée et de départ de Jérôme, pas d'heures supplémentaires au bureau, le soir ils se retrouvent, s'attendent l'un l'autre dans un bar, un restaurant, dans un parc. Plusieurs fois ils se sont dit combien ils regrettaient de ne pas avoir été plus proches au temps de leurs études. J'avais l'impression que tu me snobais, Ton accent me faisait peur, Je parlais pas assez bien la langue. Pourtant leurs conversations sans temps mort, leurs envies soudaines de frapper quelques balles de baseball dans une cage au sous-sol d'un bar, d'aller écouter un concert tard le soir ou de faire un footing le long de la Platte donnent l'impression qu'ils se connaissent depuis toujours.

Aujourd'hui c'est samedi, ils sont partis ensemble à l'aurore, ils ont roulé le long du Front Range Corridor, vers le sud en direction de Colorado Springs, avec les Rocheuses sur la droite et des étendues à perte de vue sur leur gauche. Monica a proposé d'aller au Garden of the Gods. Avec un tel nom, Jérôme avait d'abord imaginé un parc d'attractions ou un temple du commerce puis Monica lui avait conseillé de mettre de bonnes chaussures. On irait randonner.

Au loin, après une heure de route, apparaissent les fameux pics rouges que seules les mains géantes des dieux ont pu poser là. Jérôme n'a jamais très bien compris comment se forment les montagnes, dans quelle ère géologique on se trouve maintenant, est-ce qu'elles s'érodent encore ou continuent-elles de s'élever, reste subjugué devant ces reliefs, incapable de lire le paysage. On s'en fout dit Monica en riant, profite. Plus tard, une fois la voiture garée, tandis qu'ils marchent – deux points minuscules entre des parois rouges ombragées – Monica lui raconte l'arrivée dans le parc de Helene Hunt Jackson, l'auteure de *Ramona* et de *A Century of Dishonor*, dans lequel elle dénonce la politique américaine à l'égard des Indiens, les mensonges, les violations de traités, les massacres. Voyant deux servants à la peau noire, un homme et une femme, dont on lui apprit qu'ils se nommaient Jupiter et Juno, Helen Hunt Jackson s'exclama que ce ne pouvait être là que le Jardin des Dieux. À sa parution en 1881, raconte encore Monica, Helene Hunt envoya son livre *A Century of Dishonour* à chaque membre du Congrès américain. La couleur rouge du livre ainsi qu'une phrase de Benjamin Franklin devait leur rappeler à chacun le sang qu'ils avaient sur leurs mains. Un jour Monica enverrait à chaque membre du Congrès une bouteille d'eau contaminée au baryum pour venger sa mère. Jérôme n'a pas osé demander ce qui lui était arrivé.

Assis sur un banc, devant un imposant mur de roche, des blocs de pierre en équilibre les surplombent. Un rien suffirait pour qu'ils finissent enfouis sous un de ces rochers. Combien de temps avant qu'on ne remarque leur disparition ? Comment savoir qu'ils seraient à chercher dans le Jardin des Dieux ? Combien de temps pour que la nouvelle traverse l'Atlantique et parvienne à Julie et Suzanne ? Quelques cailloux roulent le long des pentes, des battements d'ailes découpent le calme. Jérôme a repensé aux décors de Lucky Luke quand Monica a coincé un brin d'herbe entre ses lèvres. Au papier épais des bandes-dessinées rangées au bas de l'étagère dans la chambre à Grande-Fin. Aux fins d'après-midi d'hiver qui contrastaient avec les paysages orangés de Lucky Luke, se disant alors qu'un jour il y vivrait, dans ces paysages immenses, qu'il y aurait toujours de la place pour se construire une petite cabane entre les colonnes de grès. Généralement sa rêverie s'interrompait quand son père venait le chercher pour le souper, il lui demandait alors, Qu'est-ce que tu lis, en saisissant l'album de Lucky Luke. Et Jérôme pouvait voir dans les yeux de son père la même espèce d'envie d'entrer dans les pages du livre. Parfois, il s'asseyait à côté de lui sur le lit, tournait les pages et pendant quelques minutes il prenait le temps d'admirer les images. Ces moments-là étaient rares. Jérôme se demandait à quel âge on commence à ne plus s'intéresser aux bandes-dessinées, à quel âge meurent les rêves. Au bout d'un moment le père revenait à lui, frottait le coin d'une page entre son index et son pouce, estimait le grammage du papier au simple toucher, C'est du 110. Viens manger.

Kissing camels? Jérôme ne voit pas alors Monica se rapproche de lui, pose une main dans son dos pour le positionner dans la bonne direction. Elle pointe avec son doigt, et soudain, dessinées par les courbes de la roche surgissent les silhouettes de deux chameaux en train de s'embrasser, leurs babines jointes depuis des millions d'années. Jérôme pourrait rester là des heures, sans savoir s'il s'agit d'un vrai rapprochement entre lui et Monica, sans même chercher à le savoir. Comme les deux chameaux, ils sont collés l'un à l'autre pour un instant que le passé n'a pas encore résorbé. Quelques cheveux foncés de Monica volent devant le visage de Jérôme et lui voile la vue. Une légère odeur de transpiration qu'il ne reconnaît pas va avec le vent puis se dissipe – à peine a-t-il le temps de regretter cette odeur qu'elle reflue. *I know I stink*, elle chuchote, et il lui dit oui un peu mais qu'il aime cette odeur. Elle ramène ses cheveux vers elle et dans le même mouvement pose sa main sur son avant-bras à lui. Il a trop chaud et la main de Monica est bouillante, de cette chaleur qui provoque des frissons. Sur leurs deux peaux.

La tête appuyée sur son épaule, Monica ne se demande pas non plus ce que signifie ce moment, ni ne cherche à l'inscrire dans une quelconque durée. Rien n'a lieu que ça, elle et lui dans le Jardin des Dieux, face aux deux chameaux. *It's cheesy*, lui dit une voix intérieure, et ça lui plaît.

Quand son téléphone posé sur une pierre se met à vibrer et fait trembler quelques brindilles, Monica sursaute et son crâne heurte la mâchoire de Jérôme. Le choc des dents a produit un bruit sourd. Le téléphone a continué de vibrer, tournant lentement sur lui-même, s'approchant peu à peu du bord. Elle regarde Jérôme pour savoir s'il faut répondre ou rester dans cette temporalité lente. Plus le téléphone grogne sur la pierre, plus l'existence du monde extérieur au Jardin des Dieux se rappelle à eux. Le nom de Joey brille sur l'écran noir au-dessus d'un cercle vert et d'un cercle rouge. Il suffirait d'appuyer sur le rouge pour que rien ne change et qu'ils restent les deux. C'est son frère. Et à la façon qu'a le téléphone de continuer de trembler et de glisser et de se déporter, Monica perçoit l'impatience de son frère à l'autre bout du fil. Elle soupire, elle répond, soupire encore, *Yes you are interupting. I'm in the middle of something.* Elle regarde Jérôme, désolée, elle aurait voulu que ça dure un peu, encore au moins une minute de plus, elle passe le dos de sa main sur sa joue dans l'espoir d'atténuer sa douleur. Jérôme ne fait pas attention à ce qu'elle dit ni à la tonalité animée de la conversation, il sait comment on se parle entre frère et sœur, il la regarde, sa légère bosse sur le nez, ses cils que le soleil a éclaircis, la nuque humide où sont collés quelques cheveux, une piqûre de moustique qui lui donne des rougeurs sur le haut de son bras. Puis la voix de Monica plonge dans une zone sombre. En quatre jours, Jérôme ne lui avait jamais vu cet air-là, c'est déjà une autre Monica assise à côté de lui. Elle a retiré la main de sa joue, sa main elle l'utilise pour argumenter, haranguer son frère.

I can help, dit Jérôme en baissant le pare-soleil, suspendant sa main à la poignée du siège passager. *Don't be stupid*, dit Monica. Le retour en direction de Denver, soixante miles de silence. Le regard de Monica n'a pas quitté le bout de la route, un point éloigné à l'horizon. Elle songe à demain, car demain il faudra finir de vider la maison de leur mère en l'absence de Joey, resté à New York pour le travail. Au téléphone, elle avait tout essayé, lui avait dit quel point c'était important de faire ça ensemble, entre frère et sœur, c'est comme si Joey ratait l'enterrement de sa propre mère, elle le lui a dit, Tu vas le regretter toute ta vie.

Noirceur et odeur épaisse de renfermé.

Un rayon de lumière a fendu l'obscurité. Puis un autre. Monica relève les stores et ouvre toutes les fenêtres, pousse les portes pour faire circuler l'air et la lumière. Par habitude peut-être, elle jette un coup d'œil dans chaque pièce, s'assurant qu'il n'y ait personne, et à chaque fois elle reste un bref instant immobile sur le seuil, éblouie par des flashs, des souvenirs avec sa mère et Joey, comme si des fantômes qu'elle seule peut voir s'agitaient devant elle. Monica fait faire le tour de l'appartement à Jérôme et liste ce qui doit être fait, ils auront du travail jusqu'à ce soir: arracher les moquettes, vider les étagères, nettoyer le frigo, les lavabos, les chiottes, les sols, les armoires, injecter du dentifrice dans les murs pour boucher les trous, démonter les abat-jours qui peuvent se revendre, laisser les ampoules pour les prochains, tout le monde a droit à un peu de lumière, Monica s'occupe de la chambre à coucher et des affaires personnelles de sa mère.

L'appartement qu'a loué Roberta jusqu'à sa mort il y a trois mois est un appartement qu'on ne voit jamais ni dans les séries ni dans les films américains. Pas de jardin, une étroite place de parc devant l'immeuble, des plafonds bas qui écrasent la vie, une chambre à coucher où passent un lit et une commode, une salle de bain sans fenêtre ni aération, des traces indélébiles aux murs, quelque chose semble grouiller sous le faux parquet de la cuisine qui gondole – des blattes, de l'humidité? Un appartement où vivre cachée, seule.

Jérôme commence par le séjour. Il empaquète ce qui reste sur la grande étagère à côté de la télévision, trie, sélectionne, jette, parfois contemple, les restes d'une vie passent de sa main gauche qui saisit à sa main droite qui range. Plus que de manipuler les objets d'une personne morte – car se dit-il, tous les objets du monde ont été touchés par des morts – c'est l'impression de faire ce que seuls les enfants de Roberta eux-mêmes auraient pu bien faire qui le met mal à l'aise, d'effectuer les gestes de Joey, de découvrir les objets d'une mère dont le propre fils ne se doutera jamais de l'existence: des vieux tickets de cinéma, *Back to the Future 2* le 28 novembre 1989 dans un cinéma de Las Vegas et quatre tickets pour *Titanic* le 16 janvier 1998, des magazines, des boîtes de CD, des photos prises au bord de la mer en Californie. L'espace d'une journée prendre la place de Joey, être Joey pour être sûr de ne rien jeter d'important. Il finira bien par prendre une mauvaise décision et mettra à la poubelle quelque chose qui lui semble anodin, et dans cinq ans, dans dix ans quand quelqu'un se demandera où a-t-on rangé tel bougeoir, où se trouve ce bricolage réalisé à l'école enfantine, on se rappellera que Jérôme avait apporté son aide ce jour-là. On se souviendra de lui comme de quelqu'un qui efface des souvenirs.

Dehors l'ombre de l'immeuble se déplace, Jérôme et Monica rangent sans faire de pause. Tout doit être vidé ce soir, les nouveaux locataires emménagent le mois prochain. Depuis la chambre Monica dit qu'il faut avancer, on ne peut pas tout garder. Elle a confiance en Jérôme, il connaît ça, il l'a déjà fait pour son père, il n'a qu'à faire la même chose. Ma mère ne va pas disparaître pour autant. Roberta continuera d'exister en dehors de ces objets.

À la cuisine, le transistor avec le volume au maximum réglé sur une chaîne de radio locale, diffuse des histoires extraordinaires vécues par des citoyens ordinaires du Colorado, l'émission s'appelle *Voices of Colorado*. Leurs voix sont posées, sûres, elles sont perceptibles de n'importe quelle pièce de l'appartement, on dirait qu'elles flottent quelque part, suspendues dans l'air, murmurant aussi bien à l'oreille de Jérôme que de Monica. De temps à autre, Jérôme entend Monica s'arrêter de trier, il l'entend écouter. Une femme raconte sa rencontre avec un ours dans les Rocheuses. Elle narre l'événement comme elle l'a vécu, comme elle le revit, n'omettant rien, le choc fut tel qu'une fois passé tout s'est remis en place dans sa mémoire, enregistré pour toujours. Le récit de la rencontre avec la bête qui dura quelques secondes prend huit ou dix minutes d'émission, et la femme raconte tout, sa voix enveloppée par un tapis sonore recréant le décor de la scène, les arbres tout autour, les feuilles qui tremblent, le calme apparent renforcé par la brise qui coiffe l'herbe au sol, le clapotis de la rivière Colorado qui prend sa source non loin. Elle déroule le fil des pensées qui étaient les siennes juste avant que ne surgisse l'ours, et encore aujourd'hui elle se souvient de tout et elle se souvient même de l'ordre dans lequel se succédaient ses pensées – d'abord la liste des choses à acheter en redescendant de la montagne, puis le nombre d'œufs qui lui faudrait pour la recette du dessert qu'elle préparerait pour la venue de sa fille, de son beau-fils et de ses petits-enfants, le témoin lumineux sur le tableau de bord qui s'était enclenché un mile avant de se garer et d'enfiler ses chaussures de marche, le pressentiment que sa fille lui annoncerait qu'elle était enceinte pour la troisième fois, le film qu'elle regarderait dimanche soir. Et ses pensées continuent de se dérouler au hasard des associations d'idées, des sons et des odeurs qui la stimulent tandis qu'elle marche, tandis que chacun de ses pas produit sur le sentier mou non pas un bruit mais un son, un son presque inaudible à la surface de la terre mais qui doit résonner comme une explosion dans les sous-sols, au-dessus des taupes et des mulots, dans le vaste réseau de la forêt. Et c'est au moment précis où elle a cette pensée d'une connexion géante au sein de la forêt – les réseaux de champignons, les racines des arbres, les animaux percevant la présence lointaine d'autres animaux, percevant les secousses sismiques les plus infimes – que surgit, non pas *surgit* mais plutôt qu'*apparaît*, devant elle, un ours, car il semblerait bien que l'ours, au vu de sa position de dos, affairé qu'il était à fouiller dans les fougères, fût là bien avant elle et qu'en réalité c'est elle qui surprit l'ours, c'est elle qui avait surgi. Celui-ci se retourna et alors ils se faisaient face. Ses pensées qui lui étaient venues jusque-là en marchant se dissipèrent d'un coup, elle ne les recouvrerait que plus tard, une fois au volant de sa voiture, redescendant de la montagne. Maintenant il n'y avait donc plus que l'ours à dix mètres et elle, et plus rien en dehors de cette rencontre, le regard de la bête dans le sien. La femme eut la prémonition d'un monde sans elle. Prononcée à la radio la formule est plus marquante encore tant pour Jérôme que pour Monica qui ont tous deux cessé de faire ce qu'ils étaient en train de faire – lui de récurer l'évier de la cuisine, elle le tri des cartes postales : *the world without me*. Un grand vide s'élargissait dans sa poitrine, puis elle pensa aux traces que laisseraient les griffes de l'ours sur son visage, puis elle eut une vision de son corps pris en tenaille dans la gueule de l'ours, promené à gauche à droite, puis elle se vit piétinée, le poids de la bête l'enfonçant dans le sol mou jusqu'à ce que son corps disparaisse entièrement sous les aiguilles de sapin. S'ajoutant les uns aux autres, ces scénarios n'en devenaient que plus absurdes, inactuels. Il avait suffit à la femme d'écarter les bras en l'air pour que l'ours prenne la fuite. Disparu dans les feuillages qui déjà s'immobilisaient.

Roberta avait elle aussi dû écouter ce genre d'histoires de son vivant, le transistor ne capte aucune autre fréquence. Des histoires entrecoupées de tubes des années 80 et de musique country d'artistes locaux, parfois une chanson de Johnny Cash, de Joan Baez, des publicités pour des avocats ou des assureurs basés le long des grands axes de l'agglomération de Denver, entre un fast-food, une pharmacie et un concessionnaire de voitures. De Roberta, Jérôme n'a encore vu aucun portrait, seulement quelques photos des vacances en Californie, floues le plus souvent, et Monica n'en a que très peu parlé. Une silhouette commence pourtant à se former dans son esprit. Des cheveux châtains, peut-être frisés, une vie de labeur d'après son appartement, une vie à partir tôt pour le travail, à rentrer tard, une vie loin de la vie des villes, une vie ordinaire à l'écart.

The world without me, à la radio la journaliste est revenue sur ces mots, cherchant à rapprocher cette phrase d'une expérience de mort imminente. La femme qui a rencontré l'ours est restée silencieuse un instant, avant de dire non, bien sûr que non, son expérience n'a rien à voir avec une expérience de mort imminente, rencontrer un ours c'est simplement rencontrer un ours, un rappel fort, intense, douloureux, que vous êtes en vie, c'est très perturbant, mais on est plus en vie que jamais. Une émotion indescriptible remplit l'espace du studio, comme si chaque recoin, chaque alvéole des parois insonorisées en était rempli, la vie elle-même peut-être, telle qu'elle se laisse mettre en mots par cette femme. *The world without me*, conclut la femme, est certainement la pensée la plus bizarre qui lui est venue, la plus vertigineuse, ça n'a aucun sens. Aux murs du salon, Jérôme distingue des zones tantôt rectangulaires tantôt elliptiques, moins jaunies que le reste de la paroi, l'emplacement de cadres-photos, parfois légèrement de biais ou rapprochés les uns des autres. À ces différents endroits, il y a quelques semaines encore, figurait encore Roberta, et Roberta il y a quelques semaines encore devait passer devant ces photos d'elle-même sans penser un instant qu'on ne l'y verrait bientôt plus.

Jerry! Jerry! Jérôme apparaît dans le cadre de la porte, dit à Monica qu'elle lui rappelle sa sœur, la seule personne au monde à l'appeler Jerry. Monica est accroupie devant une table de nuit tous tiroirs ouverts, des photos, des cartes de vœux, des faire-part et des cartes postales s'amoncèlent à ses pieds. *Look at this, that's my mom holding me*. Sur la photo, on voit surtout les yeux indistinctement noirs de Monica prêts à tout découvrir, ses minuscules doigts, ses minuscules orteils, ses minuscules genoux cherchant à se déplier avec difficulté. Le visage de Roberta, tout entier rivé sur sa fille qu'elle voyait pour la première fois, apparaît de trois-quarts et à contre-jour.

Une vie pourtant bien pire que celle de son père. Dans le booth du Stone's Diner, sur Colfax Avenue, non loin de l'appartement qu'ils viennent de vider, Monica raconte : la naissance de Roberta dans le Nevada à Searchlight, la naissance dans le vide. L'horizon ouvert de tous les côtés finit par enfermer. Dans ce paysage si large, la seule perspective était de creuser la terre. Dans la famille de Monica, les Di Maggio, on travaille à la mine de génération en génération. Quand le train passera à Winnemucca dans le Nevada, Monica dit que Jérôme devra regarder sur sa gauche et penser à sa mère qui, des centaines de miles plus au sud, travaillait dans les mines de la Sierra Nevada. À extraire de l'europium, de l'yttrium et Dieu sait quel autre merde en -ium. Le tube cathodique de la télé que tu regardais avec tes parents dans les années 90 contenait des métaux extraits par ma mère. Monica pourrait en dire autant d'une bonne partie des tubes cathodiques du monde. Pourtant Roberta en évidant les montagnes du Nevada ne pensait ni aux parents de Jérôme ni aux télévisions qui peuplent les ménages du monde entier. Roberta pensait à Monica et à Joey, leurs sourires qui l'attendent au retour du travail. À l'équipement dont avait besoin Joey pour jouer au football, à l'argent dont les enfants auraient besoin plus tard pour suivre des études et entrevoir autre chose que la poussière. Si la mine avait fait la fierté de la famille, l'avait nourrie et fait grandir, on savait que la mine finit par vous tuer, on ne vivait pas longtemps chez les Di Maggio, et si on parvenait à vivre plus longtemps que les autres c'était au prix d'un dos qui siffle dès l'âge de quarante ans et d'une toux rocailleuse – des dépôts de poussière noire dans les mouchoirs. Puis le père de Monica et Joey est mort au début des années 2000. Peu de temps après, Roberta perdait son travail ; la mine a fermé à cause du coût environnemental – pollution des sols, contamination des eaux, des voix qui s'élevaient, le mot environnement qui commençait à signifier quelque chose –, on a laissé les Chinois extraire ce qu'on ne voulait plus extraire soi-même. L'eau du robinet devenait de plus en plus trouble, de plus en plus lourde dans la bouche, Roberta commençait à sentir monter en elle cette toux noire. Mieux valait partir. Elle avait creusé la montagne et la montagne la creusait. Des machines restaient en plan comme de vieilles ruines le long de petites routes que personne n'empruntait. Quel avenir pour Monica et Joey si elle était restée dans le Nevada ? Roberta a réuni les économies de toute une vie, le petit héritage laissé par le mari, et la famille est partie vivre dans le Colorado, de l'autre côté des Rocheuses. De Searchlight on a bougé vers Aurora. Normalement les gens cherchent à rejoindre le bout du monde, l'Ouest, finir leur vie à San Francisco ou à Los Angeles, comme une façon de se dire qu'au-delà il n'y a plus rien et que tous les rêves d'une vie ont été réalisés. Roberta, elle, suivait le chemin inverse, viser l'Est, se rapprocher de New York, repartir d'Ellis Island, là où étaient arrivés les Di Maggio au début du siècle passé, puis se laisser voguer sur l'Atlantique jusqu'à la Sicile de ses ancêtres. Elle n'ira pas plus loin qu'Aurora. Elle continuera un temps le travail dans les mines, les conditions y sont pires que dans la mine à ciel ouvert du Nevada, mais au moins il y avait du travail. Elle ne renoncera que quand son corps ne le lui permettra plus. Elle travaillera encore quelques années au secrétariat d'une école primaire, ses plus belles années, retrouver la lumière du jour, le brouhaha des enfants dans la cour de l'école lui change des tonnes de gravats qui chutent, du bruit inlassable des machines qui terrassent la terre. Quand elle s'est arrêtée de travailler, son corps s'est laissé aller.

Les yeux de Monica brillent quand la voix elle ne faiblit ni ne déraille. La colère maintient la voix à bonne hauteur. Maintenant, reprend Monica, le regard noir, faisant résonner la tasse en la reposant violemment sur la table, maintenant la mine a été rouverte. Ils veulent concurrencer la Chine à qui ils avaient laissé le soin de produire nos saloperies, mais avec le boom des voitures électriques, les États-Unis veulent reprendre leur part du gâteau. Tout ça pour rien, conclut Monica. Un cancer pour rien.

La serveuse est venue remplir leurs tasses de café. *Sorry for your loss*, elle a dit en posant sa main sur l'épaule de Monica avant de retourner derrière le comptoir. La serveuse doit avoir leur âge, elle fait passer le temps en donnant un coup de chiffon sur le comptoir, en pianotant discrètement sur son téléphone et en circulant entre les trois tables occupées pour prendre une nouvelle commande. Ils sont là comme dans un décor de film, se dit Jérôme, la serveuse avec son badge où l'on peut lire son prénom Sandy, les lumières du diner, la musique qui ne s'arrête jamais et couvre le murmure des frigos, les plaintes des steaks sur le grill, et les booths qui semblent avoir été conçus dans l'unique but d'être filmés ou qui semblent avoir été conçus de cette façon à cause de toutes ces scènes de champ contre champ au cinéma quand les personnages parlent tout bas en rajoutant du sirop d'érable sur leur crêpe. Plus cinématographique encore que le décor, la vie de Roberta racontée par sa fille : passer sa vie dans les mines, se tuer à la tâche dans les mines quand on a grandi dans un patelin nommé Searchlight et qu'on meurt à Aurora.

Comme vivre à Grande-Fin quand on est voué à vivre une vie ordinaire.

Tout est là, dans les mots qui entrent en collision avec la réalité.

Dans une certaine mesure, raconte Jérôme qui a cessé de rêvasser – qui oublie pour un instant *Coffee and Cigarettes*, *Pulp Fiction*, qui oublie

Seinfeld et *Twin Peaks*, *Un jour sans fin* et *After Hours* et toutes ces scènes de diner qui précèdent celle qu'il est en train de vivre – dans une certaine mesure Roberta ressemble à mon père. Ils sont de la même race – il n'a pas trouvé le bon mot, il aurait pu dire du même moule ou de la même classe, mais Jérôme a utilisé le mot race parce qu'il avait lu une fois une phrase d'Annie Ernaux qui avait écrit quelque part qu'elle écrivait pour venger sa race. Et il notera tout cela ce soir dans son carnet, sur le petit bureau de la chambre d'ami de Monica, sous le fanion de l'équipe de baseball des Rockies du Colorado, il notera, oui, que les diners sont conçus pour entrer dans le champ de la caméra mais surtout il écrira quelque chose sur les mots qui entrent en collision avec la réalité et que de cette collision, souvent, naissent des histoires, et il écrira aussi que la vie des parents de Monica éclaire la vie de ses parents à lui, et il écrira aussi que son père, comme Roberta, sont pris dès leur plus jeune âge dans une espèce d'ironie et d'humiliation permanente. Et dans la nuit du Colorado, Jérôme aura un peu l'impression de venger sa race.

Elle n'était pas syndiquée ?, demande naïvement Jérôme. Le syndicat…, répond Monica soupirant, levant les yeux au plafond comme si sa mère parlait à travers elle, Ma mère ne croyait pas au syndicat, elle croyait un peu en Dieu, c'était déjà beaucoup. Exactement le type de réponse qu'aurait pu formuler son père. Jérôme se souvient d'une discussion animée entre ses parents dans la cuisine, un vendredi soir, une discussion typique des vendredis d'hiver car les mauvaises nouvelles à l'Imprimerie, avait remarqué Jérôme, tombaient souvent l'hiver et souvent le vendredi soir, sans doute pour que la colère des employés se dilue dans la douceur et le repos du week-end. Les vendredis soir d'hiver, Jérôme entendait toutes sortes de mots qu'il n'avait jamais lus nulle part, pas même à l'école, ni en cours d'histoire ni dans aucun livre de vocabulaire, il entendait sa mère prononcer des mots comme *revendications*, *grève*, *arrêt de travail*, *conquête*, *tirer la prise*, *ils vous mettent à genoux*. Ces mots revenaient parfois quand du monde venait manger à la maison ou qu'on allait passer la soirée chez des amis, mais alors quand on entendait prononcer *conquête*, *syndicat*, les sourcils se levaient autour de la table. Suzanne elle y croyait toujours à ces mots et peu à peu c'est le sourcil du père qui se mettait à former un triangle, disant *Les syndicats profitent*, disant *Les syndicats et leur bonne conscience*, disant *Les actionnaires*, disant *Ils créent des emplois*, disant *Qu'est-ce qu'on peut bien faire ?*

Le lundi, avec la déprime du début de semaine, le froid et le soleil qui tarde à se lever, le cœur n'était plus vraiment à la révolte. *Et le lundi*, disait le père citant une chanson de Bruce Springsteen qu'il avait d'abord pris le temps de traduire pour être sûr de ne pas se tromper – s'aidant de l'épais dictionnaire Larousse Français-Anglais dont il tournait les pages avec application, cherchant chacun des mots et le sens dans lequel ils devaient être utilisés, pour être certain que oui, malgré ses vagues rudiments d'anglais il avait bien compris, il n'avait pas fabulé que cette rock star qu'on appelait The Boss, adulée dans le monde entier, qui remplissait des stades, qui gagnait en un mois ce que lui ne gagnerait jamais en une vie, Bruce Springsteen avait mis en chanson ce que lui éprouvait chaque lundi matin en arrivant à l'Imprimerie dans le plus profond de son être : *Et le lundi quand le contremaître dit que c'est l'heure je pense déjà au vendredi.* Une ligne de chanson toute simple que le père chantonnait, portant sa traduction comme un trophée à lui, prenant plaisir à la dire dans sa langue à lui, traduite avec ses moyens, redite avec son accent du Nord vaudois, son souffle, la revisitant, la remodelant selon ses envies, l'abrégeant pour les besoins de la mélodie, *Le lundi je pense déjà au vendredi.* Et Jérôme avait pensé que cette phrase en disait long sur ce qu'était la vie de son père – l'impossible, l'insoutenable présent.

La nuit avance, liquide. Le Stone's Diner résiste. À une heure du matin il ne reste bientôt plus que Jérôme et Monica, au bar deux hommes qui s'apprêtent à partir. Dehors il pleut des lances. Le diner est plongé dans une semi-obscurité, seules les tireuses à bière déploient quelques lueurs, Sandy a éteint tous les néons et a retourné l'écriteau suspendu derrière la porte vitrée de l'entrée qui maintenant indique CLOSED. Une fois les deux hommes partis, Sandy prend place tout au bord de la banquette à côté de Jérôme. Elle ne veut pas les chasser, mais le diner aurait dû fermer il y a trente minutes. Comme ils ont l'air d'avoir beaucoup de choses à se dire, Sandy leur offre encore le temps d'une chanson, ils peuvent choisir laquelle.

This guy, dit Monica en désignant Jérôme à la serveuse, *came in the US from the other side of the world just to see Bruce Springsteen at the Red Rocks next week...* Pas besoin de lui en dire plus à Sandy qui a déjà fait le tour du comptoir, le pas pressé, on dirait qu'elle a attendu cela toute la journée, toute la semaine, que quelque chose vienne dérégler son quotidien. La lumière blanche du téléphone où elle cherche une chanson lui repasse son visage fatigué. Monica et Jérôme se regardent, impatients, ils se seraient regardés de la même façon si on leur avait dit que le Boss ferait une visite surprise ici, ce soir, sur Colfax Avenue, au Stone's Diner.

Les chansons passent, et les minutes. Sandy, Monica et Jérôme écoutent, de temps en temps répètent un mot, isolent une phrase dont ils estiment qu'elle doit rester, se répandre dans l'air, élire domicile dans le formica de chaque table, chaque chaise du diner, résonner dans tous les recoins. Une strophe cristallise la nuit.

Early in the morning factory whistle blows
Man rises from bed and puts on his clothes
Man takes his lunch, walks out in the morning light
It's the working, the working, just the working life.

Tout voyage connaît un centre autour duquel on finit toujours par revenir, on gravite. Un point au-delà duquel on ne voit plus rien, au-delà duquel rien n'est prévu.

Ce centre, Jérôme l'entrevoit depuis un moment déjà, il prend la forme des premiers contreforts des Rocheuses, comme une aiguille qui pointe sous un drap tendu. Chaque jour quand lui et Monica quittent l'appartement d'Englewood et se lancent sur les grandes avenues, son regard se déporte naturellement en direction des montagnes, d'où les nuages déboulent, tout là-bas au bout de la ville il tente de deviner le Red Rocks Amphitheatre, ses roches rouges ayant transpercé le sol. Hier soir, des lumières balayaient le ciel, surgies des montagnes, vraisemblablement les faisceaux lumineux des spots provenant de la scène durant une répétition. Jérôme était allé se coucher avec cette image en tête : Bruce Springsteen en train d'effectuer les derniers réglages, réarrangeant sa playlist, peut-être Bruce Springsteen saisi par le trac parce qu'il se souvient de l'acoustique parfaite du lieu où il n'a joué que trois fois, c'était il y a longtemps, en 1978 et en 1980, le trac parce qu'il n'a pas l'habitude de jouer devant un public si restreint, dix-mille personnes à peine ; Bruce Springsteen en train de se préparer à jouer, méticuleux comme toujours, précis comme un sportif de haut niveau, ne laissant rien au hasard pour être à la hauteur, pour ne pas décevoir Jérôme et les dix-mille autres personnes qui depuis des semaines gardent précieusement le billet de concert qui leur a coûté un bras – dans leur poche, aimanté sur la porte frigo, dans une enveloppe au fond d'un tiroir, entre les pages d'un livre caché dans la bibliothèque.

Jérôme et dix-mille autres et, peut-être, son père. Pourquoi pas.

L'homme aurait été un grand-père ou un père idéal. Des yeux rieurs comme ceux de quelqu'un qui vous laisse sa place dans la file à la caisse du supermarché, qui a tout son temps. Habillement sobre, foncé, gilet sur chemise grise et un long serre-poignet noir qui lui donnent l'air d'un vieux rockeur plein de sobriété et de sagesse. Qui traverse la scène de long en large, souffle à pleine puissance dans l'harmonica, crie, danse, porte la foule. Au fond de la scène, il a deux bassines d'eau et des éponges pour se rafraîchir. Cette forme physique, son père ne l'a peut-être eue que jusqu'au milieu de la trentaine, après quoi Julie et Jérôme étaient nés, les promenades en famille avaient remplacé les courses de moto.

Une marée humaine, pas d'autre métaphore que celle de la marée pour décrire le mouvement des bras qui vont à gauche qui vont à droite en suivant la mélodie. Familles, jeunes, vieux connaissent les paroles de chaque chanson par cœur, savent laquelle se prête le mieux à une interprétation collective, n'attendent que le signal du Boss pour entonner d'une même voix *My Hometown*.

Un soleil intarissable la première heure puis une averse passagère et des nuages rapidement balayés ne changent rien au show qui se joue là, en bas des gradins, sur la scène du Red Rocks. La pluie redouble au moment où retentissent les premières notes à l'harmonica de *The River*; la rivière ils y sont, toutes et tous emportés par le même courant.

Empty sky - We are alive - Easy Money - Open all Night - County Fair - Born in the USA. Parmi la foule ils sont des centaines de fans à tenir bien haut des pancartes en carton sur lesquelles ils ont écrit des titres de chansons qu'ils veulent entendre jouer ce soir, un juke-box géant au milieu des montagnes, Bruce Springsteen descend dans la fosse les chercher lui-même ou alors des membres du staff s'enfoncent dans les travées, récoltent quelques cartons qu'ils déposent sur la scène, au pied du micro. Certains sont allés fouiller dans sa discographie la perle rare jamais jouée en cinquante ans de carrière, la chanson oubliée du catalogue de quatre-cents titres. Mais Bruce Springsteen ne se démonte pas, ne se défile pas, avoue n'avoir joué *Lift Me Up* qu'une seule fois, c'était en 2005, depuis sa voix a changé, entretemps il a grandi, mué (rires du public) et il n'est pas sûr de ce que ça peut donner. Il joue certains morceaux avec la naïveté et l'humilité du débutant, considère avec une certaine distance les paroles qu'il a lui-même écrites. Il redécouvre ses propres chansons avec le même vertige, le même effet de surprise sidérant qu'on éprouve quand on met quelques secondes à se reconnaître sur une vieille photographie.

Deux rangs devant Jérôme, une femme d'une quarantaine d'années porte à peu près le même carré plongeant que sa mère au même âge, la même couleur de cheveux acajou. Il se souvient des commentaires des voisines à Grande-Fin, Ça la change, On la reconnaît pas ta mère, Ça la vieillit. Ce carré plongeant dont Jérôme ne voyait pas très bien ce qu'il avait de carré et qu'il prenait le temps d'observer depuis le siège arrière de la Seat. En se concentrant, en focalisant longtemps son regard sur l'arrière de sa tête, là où ses cheveux cachent ses pensées, Jérôme était persuadé qu'il pouvait connaître l'intérieur de son esprit, savoir à quoi pensait sa mère, voir ses rêves et ses visions.

La tête de Suzanne ne bouge pas, reste dans l'alignement de ses épaules quand la Seat roule sur une bosse. Celle du père est plus sensible aux aléas du terrain. Le père, qui conduit, lance régulièrement un regard à Suzanne alors qu'elle demeure dans l'axe de la route, comme si rien n'existait que cette ligne blanche au milieu. Plus le père regarde vers elle et plus Suzanne semble se rigidifier, tout orientée par le bout de l'horizon. Les mots qu'il prononce, Ils ont dit quoi, les Rochat, dix-neuf heures ?, Tu as assez chaud ?, On aura un peu de retard ma foi, ont l'air de mourir dans l'air, de se heurter à un mur invisible dressé entre eux, une paroi insonorisée et transparente qui couperait la voiture en deux, de l'autoradio jusqu'au centre de la plage arrière en passant par le milieu du bouton triangulaire des feux de panne, le milieu du H du pommeau de vitesses, et qui continuerait le long du frein à main.

Ce samedi-là, le père l'avait passé à l'Imprimerie. Un collègue de la rotation de nuit avait eu un problème avec la Heidelberg 5 couleurs et pour éviter d'avoir des ennuis, il avait téléphoné au père pour lui demander de l'aide, sans quoi la machine risquerait de ne pas être opérationnelle le lundi suivant. Le père ne savait pas dire non, ne pensait même pas à dire non, ni à consulter Suzanne, tout juste avait-il jeté un coup d'œil au calendrier de la cuisine et s'était souvenu de l'invitation des Rochat. Un saut à l'Imprimerie pour vérifier la courroie, graisser les rouleaux, en une heure et demie la Heidelberg serait de nouveau comme neuve, il connaissait la machine mieux que personne. Mais le saut à l'Imprimerie s'était transformé en véritable journée de travail ; pour finir il avait fallu appeler le patron car le problème était plus grave que prévu, et le patron l'avait engueulé au téléphone, puis le patron était venu, et le patron l'avait engueulé à l'atelier. Et le père, de retour à la maison, humilié, s'était à son tour mis à gueuler, avait enfoncé son poing dans un mur, redoutant déjà la discussion qui suivrait le lundi matin dans le bureau du patron, T'as rien à foutre à l'atelier un samedi, Tu bosses quand on te dit de bosser, le reste du temps tu dégages tu n'existes pas pour l'Imprimerie. Du temps que le père se douche, se change et se repose, la famille était déjà en retard. Pour Suzanne, cela avait été un samedi de plus sans lui.

La veste suspendue au coin du capot soulevé flotte comme un drapeau annonçant un campement. La moitié supérieure du corps penchée en avant, les muscles de l'avant-bras qui se tendent lorsqu'il desserre un boulon ou tire sur un câble, le père a la tête plongée dans le moteur. Aspirée. À peine la Seat s'était mise à tousser et à avoir quelques ratés qu'il avait donné un coup de volant pour se ranger sur le bas-côté de la route. À l'avant, Suzanne soupire en voyant les nuages foncer sur eux. À intervalles réguliers elle frappe contre le pare-brise pour lui dire, On y va, pour lui dire, On est déjà en retard, pour dire encore, On l'amènera au garage la semaine prochaine, mais le père ne veut rien entendre, répond, Ouais

ouais, dit, Faut bien que quelqu'un s'en occupe, il croit peut-être prononcer certaines phrases dans sa tête mais même Julie et Jérôme, à l'arrière, l'entendent distinctement quand il dit qu'il s'est fait chier toute la journée à l'Imprimerie et qu'il faut maintenant continuer à se faire chier, en famille, et que sa vie se résume à ça, à se faire chier pour que les autres n'aient pas à se faire chier. Puis le père demande à Suzanne de mettre le contact. La voiture démarre. Suzanne demande alors si on peut y aller maintenant. Il lève l'index, lui ordonne de patienter. Il te parle n'importe comment le vieux, dit Julie.

L'appelle pas le vieux.

Je m'en fous il te parle n'importe comment.

Dis pas je m'en fous.

Vous faites chier. Divorcez, je sais pas, faites quelque chose.

Du coin de l'œil, Jérôme voit au second plan la silhouette de son père s'acharner sur le moteur tandis que sa mère ne bouge pas. De là, il ne parvient pas à les voir mais il imagine que les yeux de sa mère se mettent à briller.

Plus tard, bien plus tard, quarante-cinq minutes, une heure plus tard – pour Suzanne cela paraissait une autre vie, pourtant cette soirée cauchemardesque avait encore à se poursuivre – quand la porte des Rochat s'est ouverte sur leur appartement spacieux – la moquette qu'on venait d'aspirer, les bougies déjà bien consumées dans les photophores à l'entrée – et que Chantal et Christian leur ont fait signe d'entrer, Jérôme a remarqué leur sourire feint. À douze ans, il commençait à comprendre les signes que se faisaient les adultes entre eux, et Jérôme pouvait voir que les Rochat venaient de passer une heure à attendre, que le plaisir d'accueillir était un peu retombé, que tout était prêt depuis trop longtemps, que les enfants Rochat avaient dû attendre tout ce temps sans avoir le droit de toucher aux chips et aux cacahuètes dans les bols sur la table basse du salon. Christian et Chantal faisaient comme si le retard n'était pas si important. Non ils n'avaient pas tellement attendu, assuraient-ils, quel plaisir de revoir toute la famille. Jérôme avait surtout remarqué la honte de son père au moment d'avouer que la Seat avait connu un petit problème, craignant que Christian lui dise sur le ton de l'évidence, Changez de voiture, chose qu'il avait fini par dire avant de poursuivre, Pourquoi tu t'emmerdes avec une vieille poubelle, prends une neuve en leasing. Et la honte avait été encore plus glaçante encore lorsque, au dessert, alors qu'enfin l'ambiance s'était normalisée, Christian avait soudain réalisé, en se levant pour aller chercher une nouvelle bouteille de vin, que la Seat était parquée en bas sur la place visiteurs et que le problème ne devait pas être bien grave si elle avait pu rouler jusqu'ici. Il a voulu en savoir plus. Le père n'avait pas pu faire semblant, oui la Seat pouvait rouler, oui il avait passé une bonne demi-heure, bon quarante-cinq minutes d'accord, ok une heure, oui oui si vous voulez disons une heure et quart, à tenter de trouver la panne alors que cela pouvait attendre la semaine prochaine. Autour de la table, on s'était mis à rire de cette minutie qui pénalisait tout le monde. D'abord le père souriait quand les autres riaient de lui, c'est vrai qu'il l'avait un peu cherché. Et puis Christian avait insisté, Figure-toi Daniel que Chantal a passé l'après-midi en cuisine et toi tu t'amuses à jouer au mécanicien, et tu fais attendre tout le monde, pas seulement moi, mais aussi Chantal et les enfants mais aussi Suzanne et tes propres enfants, Daniel, au bord de la route cantonale, un vendredi soir, sous la pluie, parce que monsieur a entendu un petit cliquetis au niveau de la courroie. Franchement Daniel. Franchement. Le père buvait son verre de vin rouge, des gorgées toujours plus rondes. Pour la première fois de la soirée, Suzanne le regardait, non pas que tout était pardonné maintenant, mais elle cherchait un allié, elle attendait un sursaut de sa part. Elle n'était pas dupe, elle voyait bien que Christian n'était pas en train de la défendre elle, il lui importait surtout de rappeler à Daniel quelle pauvre existence il menait quand lui, Christian Rochat, avait atteint un mode de vie désirable, alors même qu'ils avaient tous deux commencé dans la vie au même niveau avec un apprentissage, avaient fait l'armée ensemble, quand les temps étaient durs avaient passé des vacances au camping ensemble. Maintenant lui, Christian Rochat, était propriétaire d'une villa, propriétaire de deux voitures, et même propriétaire d'une vie tout à fait agréable, excellemment réglée, n'avait jamais eu de problèmes dans son couple ni à se plaindre de ses deux enfants dont les résultats à l'école n'exigeaient ni entretien avec les enseignants ni intervention d'une psychologue. Il y avait tout cela dans le regard de Christian, ce regard à la fois attendri par son ami qu'il faudrait un jour relever – sera-ce ce soir, dans six mois ou dans un an – et à la fois rempli de dégoût, Suzanne le savait bien, dans leur cercles d'amis Daniel était peut-être celui qui avait eu le moins de chance, celui sur qui le travail imposait le plus sa lourde charge, celui à qui on finirait par ressembler si un jour.

Alors cette nuit sous les étoiles d'août quand Bruce Springsteen chante *Used Cars,*

He's tellin' us all 'bout the break he'd give us if he could but he just can't
Well if I could I swear I know just what I'd do
Now mister the day the lottery I win I ain't ever gonna ride in no used car again

Jérôme se souvient de la soirée chez les Rochat et il se souvient du trajet du retour, la main du père qui cherche la main de Suzanne, offerte durant quelques brèves minutes miraculeuses – pour une fois sa main à lui ne s'occupe ni du pommeau de vitesse ni de l'autoradio ni du chauffage ni de la buée sur le pare-brise ni des essuie-glaces et sa main à elle n'est pas en train de se déchirer les cuticules et les envies près de l'ongle, ses mains elle ne les cache pas entre ses cuisses, elles serrent celle du père. Et Jérôme se souvient du regard de son père dans le rétroviseur au moment de formuler des excuses envers chacun et chacune, disant, Christian a raison la Seat ce n'est plus possible, et la grande respiration qu'il a prise lui a coûté de même que les mots qui ont suivi, Je vous promets de ne plus jamais vous faire monter dans une vieille bagnole, vous méritez mieux. Et Jérôme pouvait voir comment à cet instant les doigts de sa mère ont exercé une pression réconfortante sur ceux de son père. Et même si cela ne correspondait pas exactement à ce qu'elle aurait aimé entendre, la voiture elle s'en foutait, elle mesurait l'effort qu'il avait dû produire pour évoquer un remplacement de la Seat et la force qu'il avait fallu pour reprendre à son compte le fond de vérité qu'il y avait dans les mots humiliants de Christian. Et ce soir-là, pense Jérôme pour qui la temporalité se brouille, les plaques mémorielles se chevauchent, les sons d'aujourd'hui poudroyant sur les images d'autrefois, cela ne fait aucun doute que *Used Cars*, cette chanson qui résonne dans les Rocheuses produit son écho jusque dans l'habitacle de la vieille Seat familiale quand on rentrait de chez les Rochat.

Qui n'entendit pas ce soir-là chanter les Rocheuses ? On les voit illuminées des kilomètres à la ronde, de Lone Tree à Denver, de Boulder à Loveland. La voix de Jérôme et dix-mille autres, la voix de Springsteen, sa guitare et celles de Steven Van Zandt et de Patti Scialfa, la batterie de Max Weinberg et le saxophone de Jake Clemons. Les gradins de cet amphithéâtre géologique s'étendent bien au-delà, la musique fuse au pied des montagnes, le long du Front Range Corridor. Dans la foule des regards se croisent à dix ou vingt mètres l'un de l'autre, se rencontrent, des sourires s'échangent, des mouvements de corps, d'épaules se synchronisent, de hanches et de têtes, quelque chose d'invisible et d'unique s'offre, les lèvres remuent différemment selon la morphologie mais prononcent les mêmes paroles, les mêmes phrases qui sortent des haut-parleurs et ricochent contre les roches et tourbillonnent, une simplissime poésie.

You packed your bags and all alone you wanna ride
I got laid off down at the lumber yard
Our love went bad. Times got hard
Now I work down at the carwash

Puis le ciel avait déteint sur le paysage – collines et arbres sombres. Au loin persistaient les lueurs de Denver et des lampadaires le long des routes. Les roches orangées tout autour et la peau de Bruce Springsteen résistaient à l'obscurité de ce bleu mélancolique des projecteurs. Le rock sympathique, la joyeuse dépense d'énergie étaient terminés, finis les cris d'espoir et les chansons de la terre promise qui avaient fait monter les pulses et trembler les pierres. À 21h47, le visage du Boss se ferme. Il murmure. Sa voix ne cherche plus ni l'harmonie ni la hauteur juste, elle vient de loin, très loin dans le ventre, parfois déraille. À cet instant le public devient une assemblée de confidents qui entrent avec lui dans des couches souterraines. Dans le silence profond. On n'entend plus que lui et rien que lui, la moindre glissade d'un doigt sur une corde, sa respiration, son souffle, ses pas sur la scène, le ploc ploc des gouttes de transpiration. Il occupe tout l'espace sonore. La foule s'efface, veut être chantée par lui. Sa voix rocailleuse de vieux rocker remonte les parois d'une gorge, d'un canyon érodé par le temps. La guitare agglomérée au corps. L'histoire intime de *My Father's House*, c'est comme si en cet instant il en est non pas dépossédé mais que nous, la foule, on la lui emprunte.

Des chansons de fantômes et de laissés-pour-compte, comme disait le père, de gens seuls dans leur cuisine la nuit, des chansons qui disent ce que nous avons tous et toutes, un jour ou l'autre, formulé dans nos vies, chacun dans notre coin, par nos silences nos colères nos cancers nos pertes nos dépressions nos frissons nos révoltes. Ces chansons parlent de nous parlent pour nous parlent avec nous. *His music is the soundtrack to so many lives*, dit quelqu'un dans la foule. Ce soir-là, Bruce Springsteen chante pour nos mères et nos pères. Sa voix ne lui appartient plus. Souterraine, tapie dans le sol, cette voix-là tout à coup remonte de sous les pieds de ceux qui subissent et se taisent et se privent, elle affleure et elle les maintient debout. Notre voix. Bruce Springsteen dit, *A rock band is a public service.* La voix des exilés, des pauvres, des fatigués. La voix de Steinbeck et des *Raisins de la colère*, des Oakies et des Omahas, la voix de ceux qui vont contre le vent, la voix du fantôme de Tom Joad qui resurgit chaque fois qu'un type se fait tabasser par un flic, chaque fois qu'un gosse ne mange pas à sa faim, qu'un chômeur prend une pénalité, qu'une mère célibataire perd son job, qu'un type fait la file devant l'abri pour passer la nuit au chaud, chaque fois qu'une famille est foutue dehors. À chaque fois Tom Joad réapparaît et dit *Look in their eyes you'll see me.* La voix de Jimmy, de Roberta, la voix de Suzanne et la voix du père.

2019 - III

Mais tout voyage connaît aussi un pic, un point de rupture. Un décrochement dans la lente et invariable succession des jours, un centre vers lequel on convergeait et à partir duquel désormais tout s'accélère, scindant le voyage en deux, l'avant et l'après, reléguant les jours qui viennent de s'écouler dans un passé lointain, et cannibalisant tout le reste, demain, après-demain et les réjouissances des dix derniers jours. Ça se sent c'est physique, après tout va plus vite, une déformation du temps qui devient liquide, coule tout autour, fuit comme un paysage qu'on traverse, et déjà le retour du voyage nous aspire comme un trou noir.

Monica fait des grands signes depuis le quai malgré la pluie, le train s'est mis à rouler lentement et Monica l'accompagne à la même vitesse, toujours en agitant la main, embrassant le bout de ses doigts et envoyant ses baisers vers Jérôme, et Jérôme a des larmes au coin des yeux, et à son tour il s'autorise à répondre par ce même geste, Monica l'attrape, ce baiser qui voltige dans l'air, le serre contre elle, elle sourit, elle continue de marcher à la même vitesse. Derrière son sourire à elle il y a aussi cette légère tension au niveau des amygdales. Après les *Kissing Camels* ni elle ni lui n'avaient évoqué le projet d'un avenir ensemble ni même d'une relation à distance. Elle irait le voir le jour où elle voyagerait en Europe, il avait promis de faire de même, *for sure*, un jour il reviendrait dans le Colorado.

L'arrière du train l'a entièrement dépassée maintenant, elle le voit rétrécir, entend le rythme des roues frappant les joints des rails s'accélérer, pourtant Monica avance encore, elle a cette impression typique des scènes d'adieux où l'autre semble parti depuis tellement longtemps, presque depuis toujours comme si rien n'avait eu lieu, une simple parenthèse, l'autre déjà bien loin, tout entier tourné vers sa destination, vers d'autres personnes, d'autres rencontres, d'autres lieux, des nouveaux paysages, des odeurs qu'elle ne connaîtra pas, de nouveaux épisodes, en somme une nouvelle vie où elle n'existe qu'en souvenir alors qu'en réalité une minute seulement s'est écoulée depuis qu'elle avait pris Jérôme dans ses bras. Ignorant que Jérôme au même instant se mouche et ce n'est pas un rhume, non, Jérôme sanglote, lui ce n'est pas une tension qu'il a dans les amygdales mais la douleur, la vraie, qui fait du bien, peut-être l'amour.

Entre les collines et les premiers vallonnements, l'attente devant le grand mur des Rocheuses. Chaque minute à l'arrêt signifie une minute de lumière en moins à admirer la nature quand on sillonnera les montagnes. La traversée que tous les blogs et guides de voyages qualifiaient de spectaculaire, *outstanding*, *amazing*, dépassant largement l'expérience de la voiture, se ferait en bonne partie de nuit. C'est absurde, Monica n'est pas loin, à quelques kilomètres, là-bas derrière ces tours de verre, ces regroupements de maison, derrière les touffes d'arbres. De là où elle est, peut-être qu'elle peut voir le train de Jérôme, longue limace métallique qui n'avance pas.

Le gars à côté de Jérôme – même âge que lui, cheveux mi-longs, ses autres vies tatouées sur ses avant-bras – s'est levé plusieurs fois, partant pêcher des informations auprès du personnel du train, se levant plein d'espoir revenant en rogne, gueulant sans cesse *Refund, I want to be refund.* Il fait l'aller-retour Provo-Denver pour ramener chez lui un vélo acheté dans le Colorado. En temps normal, l'affaire aurait été pliée en moins de vingt-quatre heures. Avec les retards et les annulations dus aux pluies, au risque de glissement de terrain dans les montagnes, Randy aura fait le tour en quarante-huit heures, manquera probablement une journée de travail, pas sûr de garder son job. Dans son siège il se ronge les ongles, sa jambe gauche n'a de cesse de trembler.

Un bon chef de train doit avoir du flair. Sentir quand le train restera immobilisé non pas vingt minutes comme annoncé dans sa radio mais plutôt quarante minutes, une heure, ou une heure et demie; le bon chef de train doit sentir l'ambiance dans les wagons, la fatigue de son équipe, la lassitude des voyageurs, se souvenir de qui est monté dans le train, trouver un moyen de faire tenir ensemble tout ce petit monde dans un endroit aussi confiné, laisser ronfler ceux qui ronflent, offrir un sourire réconfortant aux personnes seules et tristes, un bon mot pour les familles, un mime pour les gosses, et distraire tous les autres qui s'emmerdent et s'impatientent. Mike n'en est pas à sa première traversée du continent, il l'a faite des centaines de fois, pour lui le pays n'est pas si large, sept états à traverser pour relier Chicago à San Francisco, ça n'a rien d'insurmontable. Dans les haut-parleurs, Mike annonce que le train restera arrêté une bonne heure et quart, on a donc tout le temps de se retrouver au wagon panoramique pour apprendre à se connaître. Il attend deux secondes, peut-être trois, le haut-parleur crépite, léger bruit de pluie de poussière sur le micro, il connaît tous les ressorts, sait que parmi les voyageurs il y en a toujours qui ne prennent le train que pour ça, faire de nouvelles rencontres, puis il ajoute, *I'm looking for the kid I saw on the perron in Denver, bring your guitare at the panoramic car, we'll have a gig. Let's play some Johnny Cash's songs and some good stuff on this train.*

Cinq minutes plus tard Jérôme rejoint le wagon panoramique, comble, ambiance de fête, l'air est chaud et déjà saturé. Il tend une bière à Randy, *cheers*, tous deux boivent une gorgée avant de poser leur canette sur une tablette, se mettent à frapper des mains comme les autres, Mike enchaîne les tubes, Ce type est une bête, dit Randy, qui a oublié le retard, le retour au boulot demain, il connaît toutes les chansons, les énumère pour Jérôme, *Country Roads, Big Bad John, A boy named Sue, Funnel of Love, Jolene, Casey's Last ride.*

Un groupe de dames âgées se lève, on leur fait de la place, elles se mettent à danser, en jeans elles font comme si elles avaient des jupes qu'elles agitent. Entre deux chansons, l'une d'entre elles prend la parole, raconte qu'elle a appris à danser lorsqu'elle a rencontré son mari sur une base de l'US Air Force, elle travaillait à la cafétéria de la base, vivait à quelques kilomètres de là, pour finir elle avait fini par emménager avec cet officier dans une maison sur la base, une véritable petite ville où l'on trouvait de tout, cinéma, bowling, soirées dansantes, chapelles. À leur mariage, elle et son mari étaient entrés dans la salle des fêtes sur une chanson des Beatles, alors Mike, qui avait baissé sa casquette de chef de train, a écarté ses jambes pour bien les camper et a entamé *Twist and Shout*. Une furie. Des bières ont fini par terre, des gosses sont montés sur les tables, la condensation s'est propagée sur les vitres, marquant un espace commun qu'ils et elles partagent. Ceux – souvent des hommes d'un certain âge – qui ne dansent pas descendent les marches menant au bar du train, remontent avec des plateaux chargés de chocolats et de boissons à se partager. Qui sait, peut-être que la fête ne connaîtrait pas de fin.

Une fois le concert fini – *standing ovation* pour Mike quand il a été rappelé en tête de train, il a rendu à l'enfant sa guitare, lui passant la main dans les cheveux, l'enfant heureux, impressionné, croyant qu'il avait prêté son instrument à une star de la musique – tout le monde a regagné sa place, le train est reparti. Maintenant le silence, le repos des fêtards, quelques-uns parlent à voix basse, des liens se sont créés durant le concert, maintenant la contemplation du panorama.

Les forêts de sapins, les lacs, la lumière changeante, les lourds nuages percés par le soleil, les reflets dans le fleuve Colorado, les amateurs de rafting qui se mettent à poil exprès pour les passagers du California Zephyr.

Puis les canyons, puis les roches rouges.

Puis, comme tout le monde se connaît et qu'on forme une communauté, Randy brise le calme du wagon lorsqu'il remarque de l'agitation dans les feuillages. *Look! It's a bear, a black bear! Fuck!* Tout le monde colle son nez à la vitre, sort son téléphone. L'information passe plus loin, de wagon en wagon, remonte jusqu'à Mike qui annonce la présence du plantigrade dans les haut-parleurs. L'ours regarde le train avancer lentement, l'œil curieux. Jérôme réentend la voix mate de la femme à la radio, sa tessiture; c'est peut-être l'ours dont il était question dans *Voices of Colorado*.

Par endroits les Rocheuses ressemblent aux Alpes. Caillasse et nuages. Ni Suzanne ni le père ne leur avaient appris à skier à lui et à Julie, pas les moyens ni l'envie de se mettre dans les bouchons le vendredi soir pour monter dans un chalet hors de prix dont ils ne seraient jamais propriétaires. Les Alpes, ils ne les voyaient que rarement, de très loin, des noms qui ne leur disaient rien, sonnaient bizarrement, Vercorin, Orzival, Zinal, Zermatt, Nax, les lettres du bout de l'alphabet rendaient ces lieux plus lointains encore, des noms insituables dans cette mer de pignes, d'aiguilles, de becs, de pas et de pointes. Leurs montagnes à eux c'était le Jura, les crêtes, les combes, les rapilles, les vals et les ruz, les pentes douces qu'on voyait chaque jour depuis la route de la grève. Les noms portaient des images : le Chasseron (où le vent a chassé les arbres), le Suchet (où l'on va se jucher), à Vallorbe l'ombre, et les lieux qui parlaient pour eux, le Chenit, le Pont, le Lieu, la Poëta. Le Jura, les virages et les lacets dans les forêt de sapins quand la famille allait faire les courses de l'autre côté de la frontière, où c'était moins cher, en France. Jérôme se souvient, il a six ans, il a sept ans, huit ou neuf ans, l'âge des dents qui tremblent et des doigts constamment fourrés dans la bouche, la scène se répète une fois par mois, toujours le samedi. Acheter de la viande, acheter du sirop, acheter des biscuits BN, du Ice Tea, acheter des petites voitures au rayon jouets car les parents sont toujours plus détendus (plus riches) de l'autre côté de la frontière. Acheter, acheter, acheter, que les heures passées à travailler apportent de la douceur.

C'est un beau samedi de printemps. Au moment de passer la frontière – ce moment qui s'étire, la voiture n'avance même pas à l'allure du pas, ce moment où les secondes battent dans la poitrine, où les quatre dans la voiture craignent le regard du douanier, leur ceinture non pas attachée mais coincée sous la cuisse par simple goût du risque, par défiance envers le pouvoir, les pistolets en plastique des enfants cachés sous les sièges pour éviter d'attirer l'attention –, donc exactement à ce moment-là Jérôme demande où on est. Le père a le regard rivé dans le rétroviseur, On vient de passer la douane, dit Suzanne. Alors on est en France, demande Jérôme. Non pas encore, on a passé la douane suisse mais il faut encore passer la douane française. Jérôme sent un gouffre s'ouvrir autour de lui, sous lui, en lui, sa vue se brouille. Il demande, On est dans quel village. Le père répond, à la douane de Vallorbe. Oui, à Vallorbe ajoute Suzanne, tu sais bien, ce n'est pas la première fois. La douane du Creux. Julie lit une bande-dessinée, elle écoute d'une oreille ce qui se dit, lève de temps en temps un sourcil, regarde son frère comme s'il était un demeuré, elle ça fait bien longtemps qu'elle a réglé ces questions de géographie, d'entre-deux et de non-lieux. Pour Jérôme, les prémices d'une révolution s'opèrent qui change son rapport à l'espace et l'idée qu'il se fait des limites. Comment ça peut encore être Vallorbe si on a passé la frontière ? Sa sœur lui dit de la fermer, il devrait simplement accepter sans faire d'histoire, de la même manière qu'il a accepté la fausse barbe du père Noël et le fait que ce n'est pas la petite souris qui vient poser une pièce de deux francs sur la table de nuit quand il perd une dent. La Seat avance au pas sur cent, deux-cents mètres. Un autre douanier se penche vers son père, il porte un uniforme différent du précédent, une chemise à manches courtes et sur la tête une casquette qui ressemble à une tourte au séré qui a bien monté. Il fait un geste minimal du majeur et de l'index pour dire de continuer. Suzanne se retourne et dit à Jérôme que maintenant c'est la France. Le père remet ses lunettes de soleil, les rayons filtrent entre les sapins, Suzanne augmente le volume de l'autoradio, quel que soit le sens traverser une frontière provoque toujours une sorte de soulagement, les yeux de Julie balaient les cases de sa bande-dessinée à toute vitesse, et Jérôme, lui, se retourne, regarde en arrière, et essaie de trouver l'exact milieu entre les deux postes de douane, quelque chose sur la route, une marque, un signe, un trait de peinture, une branche, un nid de poule, un point qui serait comme un trou noir, ni la Suisse ni la France. Nulle part.

Au moment de s'envoler pour l'Amérique il y a trois semaines, Jérôme n'avait pas imaginé qu'il voyagerait aussi bien dans l'espace que dans le temps, retrouverait avec une extrême précision des souvenirs d'enfance jusque-là entièrement disparus qui resurgissent soudain : les billets de 50 francs français avec Le Petit Prince, la bordure qu'il croyait en or des pièces de 10 francs brillant sous les néons de l'Intermarché, la fraîcheur des magasins français, les dizaines de mètres de yoghourts, le boucher aux doigts tordus devant son étal, le rayon boucherie qui faisait trois fois la longueur du rayon boucherie des magasins en Suisse. Le caddie plein à ras bord. Les bons mois, Julie et Jérôme avaient le droit de conduire un petit chariot de courses dans le magasin, chacun pouvait choisir trois articles.

Le trajet du retour semblait moins long. C'est le chargement des courses dans la voiture qui prenait du temps, au-delà d'une certaine quantité, il fallait payer des frais de douane sur l'alcool et la viande. Sur le parking, Suzanne additionne le poids des barquettes de viande, annonce le total à haute voix et passe les articles au père qui réfléchit à une bonne cachette – sous les sièges, dans la roue de secours, sous les bouteilles d'huile de moteur et de liquide de refroidissement, dans la mallette à jeux des enfants. Pour effrayer son petit frère, Julie dit que la famille risque la prison.

Au loin, bien avant la frontière, s'est formée une longue file de voitures, plus un bruit dans la voiture, cette fois tout le monde a attaché sa ceinture. Les douaniers français font signe de continuer, premier soulagement. La Seat avance sur les fameux cent-cinquante mètres au milieu de rien, pas encore à Vallorbe, pas encore en Suisse mais déjà plus en France. On est ni en France ni en Suisse, on est dans aucune ville et dans aucun pays, dit Jérôme, personne ne l'écoute, lui il plane. Si tu veux, répond Suzanne, plus inquiète maintenant de la quantité de viande sur laquelle elle est assise que sa position géographique exacte. Julie fait comme les adultes, elle appréhende ce que pourrait dire le douanier suisse, cherche à croiser le regard du père dans le rétroviseur, il a le front plissé, coupable, qui perle légèrement. Le temps semble suspendu, le ciel au-dessus de la Seat bloqué ; Jérôme voudrait rester là. Léviter nulle part.

Le père a l'air de fondre dans son siège quand le douanier demande de sa voix officielle, Avez-vous quelque chose à déclarer ? Le père feint de réfléchir, On a deux, trois bouteilles de rouge et un kilo et demi de filets mignons. Le mensonge passe mal, sonne faux y compris pour Jérôme, la main du douanier s'est posée sur le bord de la vitre baissée, il jette un coup d'œil dans l'habitacle. Toute la famille en habits de prisonniers, derrière les barreaux, menotée, voilà ce que Jérôme imagine ; le douanier avait à peine commencé son geste qui voulait dire, Veuillez sortir du véhicule que Jérôme l'a interrompu, Monsieur c'est vrai qu'on est dans aucun pays dans aucune ville dans aucun village ni en France ni en Suisse ? Le douanier se dirige vers l'arrière de la Seat, agite sa main pour que Jérôme baisse la vitre. Le douanier semble n'avoir jamais pensé le problème de cette façon, Ici c'est la Suisse, là-bas c'est la France, dit-il en montrant une ligne imaginaire que Jérôme ne voit pas malgré sa main en visière. Où, quelle ligne ? On peut la toucher ? Le douanier tente d'expliquer, il n'y a pas réellement de ligne, les frontières sont imaginaires, s'il y en avait une elle passerait à hauteur du panneau Zoll-Douane. Zoll ? Zoll ça veut dire douane, répond le douanier qui vient d'apprendre à Jérôme un nouveau mot d'allemand. Le père tente de se remettre droit dans son siège tandis que Suzanne ordonne à Jérôme de cesser d'embêter monsieur. Ce n'est rien, dit-il. Il s'assure que tout le monde soit bien attaché, et pour finir il laisse passer la Seat sans avoir procédé au contrôle. Le douanier se dirige déjà en direction de la voiture suivante, Jérôme en profite pour ouvrir la portière incognito, juste pour voir ce que ça fait de poser une semelle nulle part.

Nulle part, c'est à peu près là qu'il se trouve maintenant quand le train passe à côté d'un panneau *Welcome to Utah.*

À Helper, une centaine de miles avant Salt Lake City, Jérôme en a profité pour mettre un pied en dehors du wagon. Le California Zephyr resterait en gare une bonne vingtaine de minutes, priorité aux trains de marchandises. Sur le quai, alors que tout autour c'est la nuit noire, Jérôme peut déceler, plus noire encore, une masse surplombant la ville, un sommet des montagnes Book Cliffs. Jérôme, attiré par quelques enseignes lumineuses se met à marcher le long de Main Street. À cette heure, tout est fermé, à se demander s'il y a quelqu'un derrière ces murs de briques, dans cette petite ville au milieu de rien, un décor de western. S'éloignant au loin il parvient encore à voir la braise de cigarette d'un contrôleur qui le regarde partir. Est-ce le train à l'arrêt, les voitures sur la route ou la montagne elle-même qui produit ce ronflement, comme une respiration lente, quelque chose qui malgré tout continue de vivre dans ce coin perdu. Plus loin sur Main Street, Jérôme sursaute lorsqu'il voit sur sa droite une statue haute d'environ six mètres, brillante sous les lampadaires, la tête démesurément grande, un mineur tenant une pioche. Au bout de la rue, l'enseigne Pistol Pete's Drive-In a attiré ou plutôt arrêté son regard, et ce nom accompagné d'un dessin de cow-boy à la moustache rousse brandissant un revolver dans chaque main le ramène une fois encore dans sa chambre de Grande-Fin, la caisse à jouets avec les revolvers et les holsters en plastique.

Sa vue maintenant s'est habituée à l'obscurité et la montagne derrière s'est éclaircie, il distingue les strates, plus ou moins anciennes, plus ou moins claires, empilées comme des livres, comme les albums de Lucky Luke amoncelés dans sa bibliothèque d'enfant. Le néon Pistol Pete's brille encore, plus blanc et plus fort que l'éclairage public, est-ce qu'il sera ouvert demain ? Ses bagages pourraient continuer sans lui jusqu'à San Francisco, et Jérôme se voit à la première heure entrer dans le Pistol Pete's Drive-In, une clochette tinte au-dessus de sa tête, l'odeur du café-filtre, il s'assoit et ouvre le journal local. Il reste dix ans. À Helper vivre caché là où personne ne viendra jamais le chercher. Il n'est le mari, le père de personne. Disparaître serait simple. Vite arrivé. Ainsi sans doute avait dû penser son père en partant, ainsi doit certainement encore penser le père ; chaque geste, chaque parole, chaque déplacement répondant à ce mantra « Vivre caché là où personne ne viendra me chercher ».

Corne de brume. Les trains américains ont tous le même chant, au cinéma et dans les séries, dans les chansons d'Eminem ou dans la vraie vie, alors Jérôme accélère le pas, sur la rétine persiste Pistol Pete's. Il dépasse la statue du mineur, sur sa gauche. Main Street s'étire dans la nuit. Resté coincé à Helper. Vivre à Helper, ne jamais rentrer. De nouveau le bruit du train, sans savoir si c'est le California Zephyr ou un train de marchandises qui passe.

Là-bas sur le quai, c'est mauvais signe, la lueur de la clope du contrôleur s'est éteinte. Plus aucun autre passager aux alentours de la gare, déserte. Jérôme trottine puis Jérôme court, moins vite que ce qu'il voudrait comme dans un cauchemar où on lui aurait ligoté les jambes, derrière lui il sent la nuit de l'Utah le retenir. Le contrôleur apparaît dans la lumière de la dernière porte encore ouverte. Lui fait signe de se manier, des grands gestes dans le vide qui visent à remuer les atomes qui les séparent et à réduire l'espace entre eux deux. *Come on come on !* il crie, et Jérôme mime un téléphone, *Call the driver, stop the train*, mais ses mots se perdent dans le brouhaha des moteurs et des génératrices.

Jérôme a sauté dans le train, la porte s'est refermée derrière lui ; essoufflé, le dos appuyé contre la porte des toilettes, la poitrine se gonflant et se dégonflant pour reprendre son souffle, il tourne la tête vers le contrôleur qui éclate de rire, le pointe du doigt, *Look at your face!* Une autre contrôleuse arrive vers eux, regarde Jérôme, regarde son collègue, comprend qu'il a voulu effrayer Jérôme, elle lève les yeux au ciel. *He's just laughing at you. You're not the first one. He does this every time.* Jérôme se met lui aussi à rire, appuie le front contre la vitre, de la buée recouvre son reflet. De l'autre côté de la vitre c'est toujours Helper. Le train reste immobile encore cinq bonnes minutes avant de repartir en longeant Main Street.

À hauteur de la statue, la contrôleuse dit à Jérôme qu'on ne l'aurait pas abandonné ici. La ville ne s'appelle pas Helper pour rien. Helper c'est ainsi qu'on nommait les locomotives supplémentaires qui aidaient les trains à gravir la montagne. Helper est une des seules villes à avoir survécu dans la région, sans doute grâce au rail. Les villes voisines qui dépendaient uniquement du charbon sont devenues des villes fantômes, Carbon City, Consumers, Peerless, Standardville, Winter Quarters. Ici la montagne est triste, dit la contrôleuse, la montagne a des trous et dans ces trous il y a des morts. En 1900, une explosion tue plus de deux-cents mineurs à Winter Quarters. Le Premier mai.

Après les Rocheuses le train flotte dans la nuit profonde de l'Utah, lévite même, on ne voit pas le sol. Vue du ciel la terre ressemble à un marbre noir, Salt Lake City un îlot lumineux coupé du reste du monde par une mer obscure qui la sépare des prochaines grandes villes – à vol d'oiseau Denver est à quatre-cents miles à l'est, Boise trois-cents miles au nord, Las Vegas à quatre-cents miles au sud, à six-cents miles à l'ouest San Francisco, la fin. Sur la carte de son téléphone les noms sont toujours plus irréels, le train traverse Skull Valley, Aragonite, Oasis, Welcome. Dans son carnet, sa collection de noms s'allonge.

Le train rejoint Salt Lake City avec quatre heures de retard. Les montagnes Wasatch traversées la nuit renaissent dans les premières lueurs du jour. On décharge les passagers en face d'un container, la gare Amtrak, loin du centre-ville. Jérôme marche jusqu'à l'hôtel. L'air est sec, dans son dos le sel de sa transpiration lui ronge la peau, aujourd'hui encore ce sera la canicule et demain et son corps flanche et ses jambes flageolent et ses épaules grincent sous le poids de son sac. Il zigzague sur les larges avenues rectilignes pour ne pas enjamber les sans-abris qui dorment sur le trottoir.

Le matin au réveil ses yeux sont lourds comme des pierres.

À la réception on lui a donné un plan qu'il n'arrive pas à lire, l'organisation de la ville avec ses grands chiffres lui reste incompréhensible jusqu'au soir, il a l'impression d'avancer sur un plateau d'échecs selon la polygraphie du cavalier, revenant parfois sur ses pas, effectuant sans cesse des L dans cette ville perpendiculaire. Pas loin de Temple Square, est-ce à l'angle de West 300 South ou de East 300 South, il s'arrête quelques minutes et regarde le tournage d'un épisode d'une série censé se dérouler en hiver. La température est intenable. Des faux flocons tombent sur les chapeaux et les costumes des comédiens. Le tapis de neige qui recouvre le trottoir est la seule image qu'il emporte avec lui lorsqu'il remonte dans le train pour San Francisco.

Au réveil, de l'autre côté de la vitre, la blancheur irréelle du Nevada, le sable, la chaleur, la sécheresse. Le soleil s'est levé peu après Winnemucca et depuis c'est comme si ces étendues n'avaient connu de tout temps que la lumière et rien d'autre que la lumière, la lumière perpétuelle recouvrant chaque sommet, chaque pierre, chaque grain de sable. L'éternité sans ombre.

Jérôme capte quelques mots d'une conversation provenant de l'arrière du wagon, note dans son carnet l'origine du nom Nevada, de l'espagnol *nevar* (neiger), *nevada* signifie enneigé. Consigner les mots appris, les noms de lieux, s'apparente à un réflexe, enregistrer ses déplacements, les choses vues et entendues. De plus en plus les notations factuelles s'accompagnent d'impressions « Le sable du Nevada blanc comme du papier. »

Son téléphone ne rend pas l'étendue du Great Basin, la hauteur du Mont Tobin ni du Star Peak, il envoie quand même une photo à Monica, *Crossing Nevada, thinking of Monica & Roberta.* Cinq cents miles plus au sud, à la frontière entre la Californie et le Nevada, dans des paysages similaires, la mine où Roberta commença sa carrière de mineuse jusqu'à la fermeture au début des années 2000. Sur Internet, Jérôme avait remarqué qu'elle était devenue un point stratégique pour les États-Unis dans la course aux métaux rares. Dix-huit années à fendre la montagne, extraire des milliers de tonnes de minerais rares pour les ramener à la surface, et toujours les mêmes gestes en rentrant à la maison, un baiser sur le front de Monica avant d'aller se déshabiller dans la salle de bain et de se mettre sous la douche. À quoi pensait Roberta en voyant couler cette poussière noire le long de ses jambes, en voyant chaque grain lui éroder le corps ? Est-ce qu'elle avait pensé, elle, à se sauver, à tout quitter ? La peau du père était rêche elle aussi, au bout des doigts surtout, où les encres s'étaient incrustées, s'infiltrant entre les lignes, les stries, les arcs et les boucles de l'épiderme. Il avait beau se laver les mains, à l'alcool ou avec cette pâte verdâtre et râpeuse dans le grand bidon de l'atelier, ses mains resteraient noires pour toujours. Pourtant sans laisser de trace.

Un corps qui marque, un corps qui archive les efforts sans les digérer. Le père le soir, en plus de ce corps, ramène du travail sa colère contre le monde. Contre les chaussures mal rangées dans l'entrée, contre le quignon de pain qui a séché trop vite, contre la télévision quand il faut lui donner un bon coup sur le côté pour que l'image revienne, il s'énerve contre les manettes de Playstation qui traînent au milieu du salon. Il ne crie ni contre Suzanne ni contre Jérôme et Julie, sa colère passe par les objets et les murs qu'il cogne. Sa voix, Julie et Jérôme ne la reconnaissent pas. Elle remonte de très loin, prend sa source dans le bas du dos dont il se plaint des douleurs, elle vient du ventre, de l'estomac et quand elle remonte, sa voix de colère charrie au passage des années (des siècles) de frustration, d'humiliation, de fureur rentrée, de fatigue. Celui qui se met ainsi en rogne ne peut pas être leur père, quand il est dans cet état il ne se ressemble pas. Julie et Jérôme ont fini par s'habituer à cet autre lui, les pères des copains et des copines gueulent fort eux aussi. Suzanne, il y a bien longtemps qu'elle ne comprend plus ces colères, elle ne les tolère plus, ne les entend plus comme si dans son cerveau quelque chose s'était débranché, comme si, avec le temps, son mari n'existait plus. Elle sait ce qu'il endure à l'Imprimerie, les cadences, le bruit, la menace de la fin du papier, au début oui elle lui passait la main dans le dos, puis l'épuisement et la crainte du lendemain, tout ce temps passé à ne pas se voir, ont fini par tout grignoter, l'amour et leurs souvenirs heureux. Leurs amarres corrodées par le sel.

Cette nuit-là, le jeune garçon de douze ans s'était relevé pour enclencher la Playstation. Nuit protectrice, nuit au temps suspendu où Jérôme n'aime rien tant que se perdre avec Lara Croft dans le désert du Nevada, escalader des mesas, sauter par-dessus un gouffre, se cacher, s'éclairer à la lueur des flingues qui canardent l'ennemi, récolter des indices. Se faire des frayeurs en ayant l'impression d'être elle alors même qu'il l'observe de dos, de côté. Avant même d'avoir pu atteindre le séjour où se trouve la console, Jérôme remarque une lumière. Impossible d'aller plus loin. Des lueurs agitées proviennent de la cuisine. C'est le père. Jérôme sur la pointe des pieds trouve un angle qui lui permette de voir l'ombre du père projetée sur les placards de la cuisine. À cause des moulures dans le bois, son nez s'allonge, le menton prend des proportions chimériques. Au souper, le père avait annoncé le rachat de l'Imprimerie par un groupe plus grand. Le bruit courait que la moitié des postes seraient bientôt supprimés. L'ombre du père s'agite. Assis, debout, il alterne, reste un moment appuyé sur le plan de travail, une clope sur laquelle il ne tire pas. Puis l'ombre grossit jusqu'à envahir toute la paroi de placards, monstrueux, il tourne en rond dans la pièce, regarde autour de lui, cherche quelque chose à détruire. Plusieurs fois l'ombre s'apprête à balancer le verre de whisky contre le mur, le mur qui sépare la cuisine de la chambre à coucher où dort Suzanne. Ce ne serait pas plus mal que le verre aille s'écraser contre le mur et que la maison se réveille, qu'on allume toutes les lumières et qu'ainsi soient chassées les idées noires du père. Le père se retient. Il se prend la tête dans les mains, il a l'air de se tirer les cheveux. Il regarde le ciel (le plafond), il regarde ses pieds, le carrelage de la cuisine. « Existent-elles quelque part les solutions qu'il cherche ? » note Jérôme dans son carnet alors que le train approche de Reno. Dans sa main le père serre son verre. Il continue de serrer. On pourrait voir l'ombre de son bras se gonfler. Au moment où le verre se brise, bruit sourd sans éclat, le père émet un léger – non pas un cri – mais un sanglot, un gémissement presque enfantin, plus inquiétant encore que s'il avait hurlé au milieu de la nuit. Les gouttes d'ombre coulent de sa main, difficile de savoir si ce sont des gouttes d'alcool ou de sang. Demain, quand Suzanne se lèvera, elle verra probablement qu'il manque un verre, encore un, et Jérôme éprouve de la pitié pour son père, de la peur aussi parce qu'un jour il finirait par détruire la maison. Surgir au milieu de la cuisine, c'est ce que ferait Jérôme s'il pouvait retourner en arrière, redevenir ce gosse de douze ans. Surgir au milieu des ombres et dire à son père, Bousille l'Imprimerie, pas la maison.

Les jours, les semaines qui suivent, les yeux du père ont gonflé, il dort mal, l'angoisse comprime les nuits, les siennes et celles de Suzanne. Dans le quotidien de Julie et Jérôme rien n'a vraiment changé, école, basket, école, basket, encore plus de basket après l'école pour fuir, il en prend conscience aujourd'hui, l'ambiance de plomb à la maison. À l'Imprimerie, tout s'est passé comme prévu, dix postes supprimés, y compris celui du père, c'est pénible mais on n'en fait pas une histoire, C'est malheureux mais c'est comme ça, dit Suzanne quand Julie et Jérôme posent des questions. C'est toujours comme ça dans les familles semblables à celles de Jérôme, les événements n'en sont pas, les histoires pas vraiment des histoires, elles sont ce qu'elles sont, des choses qui arrivent sans rebondissement, sans possibilité de rebondir, la vie est une succession de moments sans surprise comme si tout était écrit d'avance. Les grandes peurs qu'on croyait sans fondement finissent hélas par se réaliser. La terrible, la rare occurrence de ce à quoi l'on s'attend. On avait bien raison tout ce temps de craindre la chute, le chômage, la pauvreté. Quand c'est là.

Quand c'était là, peut-être était-ce déjà trop tard. Longtemps, Jérôme s'en est pris à lui-même, Suzanne et Julie s'en sont prises à elles-mêmes. Avec le recul, avec ce regard éclairé vers l'arrière, il paraît impossible qu'on n'ait pas vu le père partir ni même aperçu la naissance de cette volonté de partir, comment se fait-il qu'on ne l'ait pas vu prendre de moins en moins de place dans la vie de famille, de jour en jour rogner le temps passé à table – s'asseyant lourdement dans sa chaise alors que les premiers bruits de fourchettes avaient déjà retenti, puis se relevant pressé de quitter la table alors que Jérôme finissait péniblement son assiette. Un paquebot qui se détache du port et disparaît dans la brume, calmement, sans bruit.

Il y avait pourtant eu des gestes, d'infimes ruptures dans quelques habitudes. Le père ne sifflait plus *Reason to believe* en franchissant le seuil de l'appartement. Il continuait d'écouter *Nebraska* sur la route de la grève, c'est sûr, mais il ne chantait plus. Ne parlait plus de son travail qui maintenant n'avait plus de sens, à la table de la cuisine ouvrait à peine le journal, ne vérifiait même plus la trame des couleurs au compte-fils. Au mieux il parcourait les avis de décès ou de disparition. La « chronique des objets trouvés » pouvait encore lui arracher un sourire. C'est un ami à lui qui en était le rédacteur ; une fois par semaine il se rendait au bureau des objets trouvé de la ville, sélectionnait ceux dont il raconterait ou supposerait l'histoire dans une fine colonne à la fin du tous-ménages. Parfois le miracle se produisait : une lectrice avait remis la main sur le ballon de foot de son fils alors même que sa description était entravée de toutes les suppositions, tous les fantasmes du rédacteur : la balle aurait été frappée par Beckham, le cuir légèrement éraflé attestait d'un coup franc qui avait frotté l'angle droit formé par le poteau et la barre transversale. On raconte que quelqu'un avait retrouvé sa harpe oubliée dans le train. C'est tout ce que le père lisait. Et encore. Parfois, au lieu de rester sur la table jusqu'au soir, le journal finissait à la poubelle avant même d'avoir été lu.

Après Reno tout est allé très vite. Truckee, le lac Donner – une des merveilles du voyage aperçue quelques secondes entre les branches des grands sapins rouges – puis Colfax, Roseville. Sacramento, la ville fondée par le général Suter, la colonie de la Nouvelle Helvétie dont Jérôme avait découvert l'histoire dans *L'or* de Cendrars. Le titre semblait avoir déteint sur le livre lui-même qu'il avait récupéré dans la bibliothèque de sa mère, les pages jaunies, la couverture représentant un paysage orange sur lequel on devinait des personnages pareillement orange, tannés par un soleil de feu, que l'or rendra fous. *L'or*, l'histoire d'un homme qui court sur quarante ans, l'histoire d'un homme qui court à sa perte, l'histoire d'un homme qui avait tout l'or du monde sous ses pieds et en mourut. De tous les livres lus à l'école obligatoire, c'est l'un des rares dont le souvenir demeure vif, pour une fois qu'il fallait lire un petit livre facile plein d'action, toujours en mouvement, les chapitres d'une extrême brièveté, la phrase fusant à l'allure du cheval de Suter, dessinant à grands traits le territoire qu'il traverse, le texte se lisant de gauche à droite alors que Suter traverse le continent dans l'autre sens, d'est en ouest. Son passage révèle la carte. Quand Suter est à Sacramento, Jérôme se souvient avoir lu non pas une suite de mots ni de paragraphes mais un plan de ville en damier qui se dessine au fur et à mesure que progresse le regard. Une ville qui s'agrandit tandis que Suter disparaît.

San Francisco ! San Francisco !

Jérôme y arrive, mais la Californie hélas est déjà vieille. Tout l'or en a été extrait. En descendant du train à Emeryville, le terminus du California Zephyr où il faut ensuite prendre un bus pour rejoindre San Francisco, Jérôme a l'impression d'être le dernier arrivé dans cette baie saturée de routes, de tours. Comme s'il ne restait de place pour personne. Et quand venant depuis Bay Bridge le bus plonge entre les gratte-ciel de Financial District où la lumière ne parvient pas à s'infiltrer, où des hommes et des femmes font la manche dans les rues sombres au pied des buildings portant bien haut des noms tels US Bank, Wells Fargo, Bank of America, des noms de crise et de ruine, Jérôme a le vertige. Le bus le décharge sur Market Street. Il lève la tête. Le ciel est loin, bouché, la hauteur des bâtiments, la réflexion de mille fenêtres dorées dans une seule, la concentration du fric, l'étouffent. Il croit cauchemarder. Il ferme les yeux. Il ne veut plus rien voir, plus rien entendre.

San Francisco. La ville dressée en équilibre sur une faille.

Le bord du continent, la fin de l'Occident.

Comment pourrait-elle tenir.

Au dernier jour, la brume flotte au-dessus de l'eau, enveloppe le Golden Gate, à moitié effacé. Au pied du pont, Jérôme est minuscule. Il se tient à quelques mètres de l'endroit où Madeleine Ester, dans *Vertigo* de Hitchcock, jette des fleurs dans l'eau.

Le visage de sa sœur apparaît sur son téléphone,

C'est la fin, il dit à Julie, je rentre.

Julie sourit. Son petit frère là-bas, tout seul.

Il se regarde dans le petit carré de son téléphone. Il ne se souvient plus la dernière fois qu'il a vu son reflet dans un miroir.

Les cheveux balayés par le vent, le t-shirt qui claque contre sa peau, Jérôme marche le long de la plage en direction de Fisherman's Wharf. Derrière lui, le Golden Gate apparaît entièrement, la brume s'est dissipée.

2020 - IV

Jérôme a à peine le temps d'ouvrir la portière et de se lancer sur le siège passager – la Focus roule encore, derrière un bus arrive – que Julie remet les gaz. Il rentre son pied qui dépassait encore de la voiture, et la portière se ferme.

Puis la ville s'arrête net, les champs commencent. Depuis son voyage en Amérique il y a quelques mois, Jérôme est devenu attentif à ce passage entre la ville et la campagne, cette limite infime entre les deux mondes. Aux States, les fins de villes s'étiraient sur des miles et des miles. La Focus a encore accéléré, sur l'autoroute Julie ne peut se retenir de dépasser, de lancer des appels de phares, donner des coups de volant secs. Derrière eux, derrière la Focus zigzaguant, les lumières de Lausanne s'allument toutes en même temps.

Le plateau vaudois est plongé dans l'heure sombre de fin d'après-midi. Les champs bruns et endormis, çà et là recouverts de vieille neige. Les flocons se sont alourdis, ont viré pluie.

Tu te souviens quand j'ai dû m'arrêter là, sur cette bande d'arrêt d'urgence ? Tu avais tellement picolé. Il savait que Julie relancerait le jeu des souvenirs. À chaque fois qu'ils vont trouver leur mère à Grande-Fin tous les quinze jours, Julie réactive les souvenirs de son frère. Ils y jouent depuis tout petits, dès qu'un trajet en voiture dure un peu. Non, il n'a pas oublié : lumière d'août de six heures du matin, Julie et Jérôme rentraient dormir, croisaient les gens qui se rendaient au travail. L'odeur de la bière sur leurs habits, les chaussures. Retourner à Grande-Fin, c'est suivre la ligne blanche sinueuse au milieu de la route, prendre de longs et lents virages, traverser les villages qu'ils connaissent, se rapprocher de leur enfance. Des scènes anciennes qui semblaient congelées depuis des années se remettent en mouvement à cause d'un rien.

À l'entrée de Grande-Fin, le rond-point a vieilli, sur les panneaux routiers certaines lettres commencent à s'effacer. Le passage répété des pneus crée des rigoles dans le bitume. Tirée d'un lampadaire à l'autre, une banderole souhaite la bienvenue à Grande-Fin. Après le rond-point sur la droite, le terrain de sport. Devant la grande salle du village le panier de basket sans filet ne sert plus à rien, il penche lui aussi comme les arbres qui ploient sous la neige lourde de janvier. Ni Jérôme ni Julie ne prononcent un mot, pourtant ils en rêvent encore de ce panier de basket ; chaque fois qu'elle passe devant, Julie se voit elle-même monter au panier, en l'air la cuisse droite au moins aussi haute que son coude et quand elle déboulait à cette vitesse avec cette détente, Jérôme avait généralement un ou deux mètres de retard et était incapable de l'arrêter.

Cet été, avant d'aller chez maman, on se fait un 1 contre 1.

Quand tu veux, répond Jérôme qui ne pense plus à cette époque où sa sœur le battait. Il n'a gardé en tête que les dernières années de basket de Julie quand elle a commencé à baisser le rythme et à perdre pour la première fois contre lui.

Avec les années, Grande-Fin n'est plus le petit village éloigné de la ville, chaque nouvelle construction continue de l'en rapprocher. Sur les hauteurs, pas très loin du cimetière, on a construit une nouvelle école. Le long de la rue principale qui traverse le village on a vu apparaître au fil des ans une boutique de bijoux faits main, une boulangerie responsable, une boucherie en libre-service, un garage équipé d'une colonne d'essence et d'une borne de recharge, un bureau d'architecte dans une grange rénovée, appartenant pour la plupart à des anciens camarades de classe de

Julie et Jérôme qui avaient toujours vécu ici ou avaient fini par revenir. Les habitants des vieilles fermes isolées ont progressivement vu des nappes de goudron recouvrir les chemins de pierre et alors ils n'ont plus trouvé le temps de saluer chaque voiture qui passait devant chez eux. Des murs, des clôtures et des haies se sont dressés un peu partout entre les maisons si bien que malgré le doublement de la population du village, le voisinage est devenu une abstraction, les habitants d'une même ruelle se réduisant à un nom gravé dans le métal noir d'une plaquette de boîte aux lettres. Le nom même de Grande-Fin s'est dissous dans le nom forgé au moment de la fusion avec les quatre communes environnantes. Depuis qu'ils ont l'un et l'autre quitté l'appartement de leur mère, il leur semble qu'il y a chaque mois des nouveautés au village. Pas de nostalgie chez Julie et Jérôme, mais ne plus sentir l'odeur du fumier du bas de la rue ni l'odeur de la laiterie leur fait penser que les traces de leur enfance s'effacent.

Devant la maison, ils aperçoivent le voisin, le père Müller comme l'appelle Suzanne, en pantoufles, muni de son téléphone en train de prendre en photo la Fiat de Suzanne. Le père Müller, avant même que Julie et Jérôme aient un pied en dehors de la voiture leur explique qu'il a tout documenté, cette fois c'est la voiture qui mord sur sa propriété, la semaine dernière le linge resté suspendu tout le dimanche, la semaine d'avant le bruit, il en a assez. Jérôme et Julie lui rient au nez, il devient écarlate et bouillonne quand Julie dit, C'est ça papy, et en même temps que sa colère le père Müller libère une petite phrase bien calibrée, sans avoir à réfléchir, sans doute prête depuis bien longtemps, Il a eu bien raison de vous lâcher. Jérôme a hoché la tête pour montrer qu'il a parfaitement entendu, puis, après un instant au cours duquel le père Müller commence déjà à s'impatienter les voyant ne pas réagir, Jérôme dit tout bas, suffisamment fort pour que Müller l'entende, Pauvre type, sans même le regarder, tout en vérifiant qu'il n'a rien oublié dans la voiture. Et ces deux mots, « pauvre type » semblaient encore rebondir comme deux billes de flipper dans tous les coins de la tête du père Müller et dans tout son corps, deux mots aussi cinglants, aussi méprisants qu'une légère tape derrière la nuque, alors le père Müller est passé du rouge au blanc en une seconde.

Et la veine qui a failli lui traverser la peau du front quelques secondes plus tôt, je te jure maman, elle s'est dégonflée, on aurait dit que le sang ne circulait plus jusqu'à sa tête, il était blanc. Julie revoit la scène, ses yeux brillent tandis que Jérôme fait la moue, regrette d'avoir humilié ce vieil homme, Julie ajoute qu'il l'a bien mérité. Suzanne écoute Julie à moitié, comme si le venin du père Müller, pourtant odieux ces dernières semaines, était devenu inoffensif.

De toute façon, je vais bientôt partir, dit Suzanne. Jérôme relève la tête, le vin blanc passe en travers de la gorge de Julie, pas sûre d'avoir compris, Quoi tu pars, quoi tu pars où, tu pars quand ? Tu pars en vacances ?

Non je pars. Je quitte Grande-Fin.

Ben c'est bien, dit Julie qui cherche Jérôme du regard, celui-ci hausse les épaules et dit à son tour, Oui c'est bien, du changement.

Maintenant Suzanne peut leur dire, à trente-quatre et trente ans. Elle dit, J'ai toujours eu envie de partir. Bien avant qu'il disparaisse j'avais envie de partir.

Julie ne comprend pas, partir où ? C'est le père qui voulait pas partir ?

Alors oui, maintenant, Suzanne sent que c'est le bon moment pour leur dire à Jérôme et à Julie, comme c'est difficile de partir. Les deux face à elle, leurs vêtements encore humides, des perles de pluie dans les cheveux. Il lui faut du courage, prend une rasade de vin avant de s'élancer. Par-dessus tout c'est l'odeur de Julie et Jérôme qui l'aide, lui donne la force nécessaire, cette odeur de vêtements humides qui n'a que peu changé par rapport aux jours de grande pluie quand ils rentraient de l'école trempés dans leurs k-ways colorés, même si aujourd'hui cette odeur est imprégnée des lieux que Suzanne connaît mal, les lieux de leur vie d'adultes – la Focus de Julie qui sent le parfum pomme de sa vapoteuse, l'appartement de Jérôme, le cinéma où il travaille. Maintenant qu'elle va leur dire, et au moment même où le premier son sort de sa gorge, la gêne, la honte, le traque disparaissent soudain. Seule pointe une légère appréhension. Après ce que les trois ont traversé ensemble, rien ne peut ébranler leur noyau. Et donc elle répète, J'ai toujours eu envie de partir, mais c'était impossible. À la recherche d'un bon mot, ne prenant pas encore la mesure de ce qui est en train de se passer, Julie tente de défaire le ton grave que prend sa mère, Partir n'a jamais été impossible pour papa en tout cas.

Mais pour moi, dit Suzanne. Moi.

Quoi pour toi, demandent Jérôme et Julie, leurs voix décalées d'un quart de seconde.

Pour elle partir n'a pas été possible. Suzanne en a crevé d'envie durant des mois, des années. L'appartement lui paraissait étriqué en même temps qu'elle s'y perdait, s'y perdait de vue, s'y désintégrait. Elle se voyait de l'extérieur, sans vie, sans joie. Vivre comme ça, il y a un moment où on ne peut plus. Suzanne n'était pas loin de se tirer certains matins, certains soirs pas loin de se tuer. Un jour elle a préparé sa valise. Elle avait mis Supertramp à coin, elle n'était pas loin de penser qu'elle préparait les grandes vacances en famille. Quand elle a regardé l'horloge sur le four et qu'elle a remarqué qu'elle affichait 8:30, que les vacances scolaires indiquées au feutre jaune sur le calendrier étaient pour dans trois mois, elle a compris qu'elle ne préparait pas les vacances. Dans la valise il n'y avait que des habits à elle, des habits du quotidien, pas de maillot de bain ni de linge de plage, ni de crème solaire ni les documents de voyage des enfants, il y avait son passeport, une fourre avec des documents importants – contrat d'assurance-maladie, CV, certificats de travail – une enveloppe avec des photos de Julie et de Jérôme, de quoi recommencer une nouvelle vie. Alors elle a passé la matinée à tourner en rond, à faire le tour du lit des dizaines de fois, à fouiller dans les placards de la cuisine sans savoir ce qu'elle y cherchait, puis elle a allumé la télé, l'a regardée debout un moment puis elle s'est assise sans savoir ce qu'elle regardait quand elle regardait la télévision – la nullité du téléfilm de TF1 où sa silhouette sans forme qui se reflétait dans le tube cathodique ? Le temps ne lui a jamais paru si long, chacune des secondes avait le poids d'une pierre et le tictac de l'horloge qui se poursuivait la rongeait, elle.

Suzanne, votre mère, sur le point de disparaître.

À tel point qu'elle s'est sentie se vider, le vide existentiel la creusait. Elle s'est accroupie dans la cuisine, elle s'en souvient parfaitement, son dos glissait le long du placard comme ces mères de famille atterrées, défaites dans ces téléfilms à la con sur TF1, et elle est restée prostrée sur le carrelage froid de la cuisine, peut-être une heure. Des larmes y ont coulé. Comme l'heure avançait, elle est allée se mettre au lit. Au plafond elle ne voyait ni mer ni nuage ni rêve ; le crépis blanc la rendait attentive à tous les bruits provenant de l'extérieur, les voitures, le bruit d'un vélo quand on cesse de pédaler, deux femmes qui se saluent, parlent, rient, promettent de se revoir bientôt, un volet qui claque, une tondeuse à gazon ou un avion, au loin des tracteurs, et enfin le bus qui ramène les enfants de l'école, et les enfants qui courent, montent les escaliers en tapant des pieds, dans la joie.

Il fallait que je vous revoie une dernière fois.

Jérôme et Julie demeurent silencieux, la gorge nouée.

Et Jérôme et Julie étaient rentrés de l'école, deux petits ouragans. Suzanne avait laissé un billet sur la table, elle se reposait dans la chambre à coucher, il fallait la laisser dormir et mettre au micro-ondes l'assiette qui attendait au frigo. Malgré toutes les précautions qu'ils prenaient, Suzanne pouvait les entendre. Julie disant à son frère de bouffer proprement, Julie disant à son frère de ranger son assiette avant de jouer à la Playstation, puis Jérôme demandant à sa sœur de lui laisser la manette, Julie disant Ta gueule p'tit con. Quand la télé a été éteinte, que Suzanne a entendu la porte d'entrée s'ouvrir et qu'elle les a entendus se préparer, Suzanne a entrouvert la porte de la chambre à coucher et elle les a regardés mettre leurs chaussures, dans le corridor de l'immeuble. Elle les voyait dans l'encadrure de la porte, comme à travers un écran, loin d'elle et inaccessibles, elle croyait les avoir déjà perdus. Et elle a vu, c'est un détail mais dans ces moments tous les détails comptent, elle a vu ces baskets toutes neuves qu'elle venait de leur acheter, des baskets Jurassic Park qui à chaque pas s'illuminaient d'une lumière rouge vive au niveau du talon. C'était la mode. Pour une fois, Suzanne avait cédé. Elles avaient coûté cher mais Suzanne les aimait. Dans l'hiver sombre de Grande-Fin, quand elle les ramenait de l'entraînement, ses enfants clignotaient, là, près d'elle.

Si je ne vous avais pas vus mettre vos chaussures ce jour-là, qui sait, je serais partie, j'aurais tout abandonné. Avant lui.

Tu ne l'as pas fait.

Encore une fois les voix de Jérôme et Julie se superposent, et un instant Suzanne se demande si elle n'a pas mis au monde des jumeaux. Les deux se lèvent, font le tour de la table. Chacun d'un côté, ils prennent leur mère dans les bras.

Le lendemain devant la maison, Suzanne les serre dans ses bras, les mains bien à plat dans leur dos, Prenez soin de vous, leurs deux cœurs battent sous ses paumes. Comme chaque fois que Jérôme et Julie repartent, elle attend que la Focus ait complètement disparu de son champ de vision pour faire demi-tour et pousser la porte de l'immeuble. Sans un regard pour la fenêtre du salon du père Müller dont elle a vu du coin de l'œil le rideau bouger.

Pour une fois, Suzanne n'appelle pas l'ascenseur, emprunte l'escalier où elle remarque sur les murs des traces noires auxquelles elle n'avait jamais fait attention. Julie et Jérôme partis, les trois pièces de l'appartement baignent dans le silence, un silence reposant cette fois, un silence qui l'invite à errer le long de la bibliothèque du salon, à regarder autour d'elle, comme si l'appartement lui-même était maintenant prêt à être vidé, les moquettes arrachées, les murs repeints, prêt à laisser Suzanne partir.

Elle saisit par trois ou quatre les livres qui se trouvent à hauteur de ses yeux, rangés sans logique. Elle en feuillète certains, les empile dans un carton, en laissent tomber d'autres dans le sac en papier qui finira dans une benne à la déchetterie. Elle tente de se remémorer à quoi pouvait bien ressembler ce temps où elle ne lisait pas de romans, c'est-à-dire le temps où Daniel était encore là. Des années de brume. Après la brume étaient revenus les jours clairs, elle avait commencé à lire non pas pour tuer l'ennui, elle se mettait enfin à vivre.

Elle lisait de tout, ce qui lui passait sous la main et les livres que lui offraient Jérôme et Julie à chaque Noël ou fête d'anniversaire. *Patrimoine, Les années, La place, Hymne, Pas pleurer, L'Acacia, Autour du monde.*

Suzanne continuera de remplir des cartons toute la journée. La prochaine fois que vous viendrez, avait-elle dit à Jérôme et Suzanne, la maison de votre enfance sera vide. Parfois Suzanne sortira la tête des cartons pour regarder par la fenêtre durant de longues secondes les grands arbres plier sous la force du vent. En faisant ses cartons, aujourd'hui ou un de ces prochains jours, elle découvrira par hasard dans la bibliothèque un carnet gondolé, rempli d'une écriture manuscrite difficilement lisible. Sur la couverture, Suzanne reconnaîtra l'écriture de Jérôme, *Souvenirs de Grande-Fin.*

Le vent s'était levé durant la nuit, formant des congères le long des routes. L'eau tombée hier avait gelé, sur le goudron noir des filets de glace s'étiraient sur plusieurs mètres.

Jérôme conduit. Vu ce que Julie a bu la veille, il n'a pas eu besoin d'insister pour la convaincre de prendre le volant à sa place ce matin. À la moitié du tronçon de la route de la grève, un coup de vent déporte légèrement la Focus, Jérôme contrebraque. Venant d'en face une voiture leur lance des appels de phares. Une fraction de seconde, Jérôme est ébloui. Des taches vertes lui voilent la vue, du vert, du bleu du rouge. Il ferme un œil puis l'autre. Et les souvenirs reviennent comme des flashs, comme si ces moments évaporés refluaient au hasard d'une lumière, d'un son, d'une légère vibration des pneus sur la ligne blanche. Non pas un souvenir mais plutôt quelque chose comme une prémonition dans le passé, une réminiscence de sa préhistoire. Les routes du Colorado, un lac, des montagnes, son père au volant de la Chevrolet Caprice. Ni Julie ni lui sur la banquette arrière. Devant, les parents se donnent la main. Le père dit, C'est là. C'est là qu'il voudrait vivre oui, vivre caché dans les Rocheuses, là où personne ne viendrait le chercher.

La Focus ralentit. Cahote quelques mètres sur la bande herbeuse avant de se retrouver au bord de l'eau, à quelques mètres environ de l'endroit où douze ans plus tôt, Jérôme, Julie et Suzanne se tenaient debout sur la plage, assistant au repêchage de la Citroën C15 de l'Imprimerie.

Tu crois qu'il a fait pareil ? demande Jérôme tout en redressant les roues du véhicule, décrochant sa ceinture.

Je sais pas. Je suis pas dans sa tête.

Tu crois qu'il pensait à quoi ce jour-là ?

Julie hausse les épaules.

Partir, dit-elle. Partir pour le rêve. Disparaître. Maman m'a dit qu'il avait bien choisi son jour pour foutre la camionnette au lac. Une bonne partie des habitants de la région n'ont jamais reçu le journal qui annonçait le rachat de l'entreprise. Sa façon à lui de refuser son licenciement.

Une capsule temporelle, dit Jérôme. Les journaux devaient être illisibles quand on a repêché la camionnette.

Jérôme remet le contact, la Focus effectue une marche arrière sur quelques mètres tout en faisant un quart de tour, la voilà face au lac maintenant. Sur les vitres, le givre a fondu. Les gestes de Jérôme, lents comme ceux d'une reconstitution, se superposent à ceux de son père. Un paysage déformé apparaît derrière les larges gouttes d'eau sur le pare-brise, de l'autre côté du lac les lumières tremblent. Il sort ses affaires de la boîte à gants, vérifie qu'il a tout dans ses poches, sort la vitesse, la C15 ne repose que sur le frein à main. Il sort calmement de la voiture, en fait le tour deux ou trois fois, vérifie la distance entre les roues avant et le lac, ses mains reproduisent l'angle formé par la rampe en béton et l'eau, essaie de prévoir où la voiture finira sa course. Il s'adosse quelques minutes à la voiture, le temps de fumer une cigarette. À cette heure matinale en plein hiver, les bords du lac sont déserts, cette solitude il la savoure. Au loin, à travers les arbres, lui parvient le son des voitures qui fusent sur la grève à vitesse régulière, les pneus mouillés, la chaussée qui chante. Des semaines, des mois qu'il s'arrête ici le matin avant d'aller travailler dans le bruit de l'Imprimerie, profite du calme des rives. Dans le matin sombre, le spectacle des cygnes blancs est un miracle. Il écrase sa cigarette sur la carrosserie de la C15 et d'une pichenette envoie le mégot loin dans le lac. Sur la pointe des pieds, les jambes en dehors de la voiture, la moitié du corps entrée par la fenêtre il tente sans y parvenir de desserrer le frein à main. Il finit par ouvrir la portière, s'installe sur le siège conducteur. Il reste ainsi deux bonnes minutes à scruter l'habitacle comme un endroit qu'on s'apprête à quitter pour de bon. Il s'assure qu'il n'a rien oublié, nettoie la buée sur la vitre, gratte une légère impureté incrustée au tableau de bord, fait le tour des chaînes de l'autoradio. Ses mains caressent le volant. La dernière fois qu'il la conduit. Conduire la C15 pour remplacer un collègue des livraisons avait pu, au fil de sa carrière, lui procurer un certain plaisir, le sortir de l'Imprimerie, loin de son chef, loin du bruit et des cadences, voyager seul sur les routes, distribuer les nouvelles du monde aux ménages de la région, avec toujours cet infime espoir qu'un jour il trouverait le courage de se laisser porter et dériver vers une vie nouvelle. Il se tient au frein à main comme à une barrière de sécurité. Quand il l'aura desserré, tout recommencera. Julie Jérôme Suzanne, les trois alignés sur le pas de porte de l'appartement, à l'attendre. Au bout du couloir de l'immeuble pourtant, il ne parvient pas à marcher dans leur direction, ses jambes ne répondent pas, quelque chose de lourd dans le ventre l'empêche de bouger. Un instant il est tenté d'aller vers eux, de les entourer les trois de ses bras, de poursuivre cette vie qui se poursuit sans lui. Dans cette vision il espère que les trois tournent la tête et le laissent partir.

Et tout recommence à cet instant précis, très vite. À peine le frein à main desserré, il a bondi hors de la voiture, l'a poussée en direction de l'eau puis s'en est écarté le plus possible de crainte que sa veste ne reste accrochée dans la portière et qu'il finisse lui aussi dans l'eau glacée.

La C15 a dévalé la rampe plus vite que ce qu'il avait imaginé, l'avant de la voiture a rencontré la surface violemment. Tout autour des vagues se sont propagées en cercles concentriques, secouant, soulevant les quelques cygnes impassibles qui rodaient là. Un groupe de corneilles s'est enfui dans les airs. De là où il est, il parvient encore à voir une partie du logo L'IMPRIMERIE sur la portière, seule la moitié supérieure de la C15 dépasse encore de la surface tandis que l'autre moitié a disparu sous l'eau noire épaisse. Il allume une nouvelle cigarette. La braise rouge à sa bouche secoue l'obscurité, il craint que quelqu'un sur la grève repère une tache blanche flottant à l'horizon. Il regarde autour de lui, personne. Sa cigarette se consume rapidement, il ne cesse de tirer dessus tant que la voiture flotte encore. Le naufrage s'interrompt de longues secondes. Il se mordille l'intérieur de la joue, se tord la mâchoire. Lentement, trop lentement, l'eau avale la camionnette. Il trépigne. Bientôt on ne voit plus que l'antenne qui s'enfonce dans l'eau comme une lame. À la surface, les derniers remous et quelques bulles, il est rassuré. Le lac absorbe, le lac digère, le lac oublie.

Comme un miracle tombé du ciel la pluie redouble, trouble la quiétude du lac, l'averse lavera les traces de son sabotage. L'Imprimerie l'a noyé, il noie l'entreprise.

Il ferme bien haut son k-way, on ne voit plus le pull violet des Rockies du Colorado. Il apparaît sans forme. Son capuchon cache ses yeux, il marche le long de la grève sans éveiller les soupçons, comme ça il ressemble à un pêcheur. Il sait où il va, il marche sereinement, s'éloigne du lac, s'éloigne de Grande-Fin. Il regarde une dernière fois derrière lui, il ne pense encore ni à Suzanne, ni à Jérôme, ni à Julie. Il pense à demain, il pense à celui qu'il sera demain, celui qu'il verra dans le miroir, celui qui n'ira ni à l'Imprimerie ni pointer au chômage. Il repense à celui qu'il était encore cinq minutes plus tôt, et il sourit maintenant de son inquiétude devant la voiture qui coulait trop lentement. Il voudrait penser au présent, voudrait dire moi Daniel. Ma vie. Aucun mot ne sort de sa bouche, il s'apprête à entrer dans un long silence. Il ne parvient pas encore à dire je, penser je. Il s'arrête, il a l'impression de se dédoubler et de se voir de dos, disparaître. Derrière la pluie. Il s'éloigne de lui-même.

Comme le précédent et tous ceux qui suivront,
ce livre est dédié à ma mère et à mon père.

À la mémoire de Jeannot,
qui a rencontré la musique de Bruce Springsteen en prison.

Remerciements

Autant que je sache et autant que je m'en souvienne, ce livre emprunte des citations et des atmosphères à Blaise Cendrars, Truman Capote, John Carpenter, Jimmy Dean, Annie Ernaux, Freeman, Alfred Hitchcock, Maylis de Kerangal, Michel Layaz, Hugo Loetscher, Lydie Salvayre, Claude Simon, Bruce Springsteen, Tupac, Eric Vuillard, William Carlos Williams. Les poèmes cités aux p. 37-40 sont tirés de *Partition Rouge. Anthologie de poèmes et chants des Indiens d'Amérique du Nord* (trad. Florence Delay et Jacques Roubaud), Seuil, Paris, 1988.

Je tiens à remercier ma famille, mes amies et amis, Thomas Flahaut qui a relu ce texte, et bien sûr Stéfanie, pour leur soutien de toujours.

Du même auteur

Schumacher, éditions d'autre part, Genève, 2018

Édition
Double ligne Sàrl
Rue du 31-Décembre 8
CH-1207 Genève
Suisse

T +41 58 100 52 95
contact@doubleligne.com

www.doubleligne.com

Graphisme
Pittet Communication SA, Genève

Relecture
Angélique Hofmann

ISBN 978-2-9701433-9-0

Cet ouvrage a été imprimé par PBtisk Printing Company en République tchèque, en août 2023.

Dépôt légal : octobre 2023.